荡起梦想的小木船

张儒学◎著

 中国出版集团　现代出版社

图书在版编目（CIP）数据

荡起梦想的小木船 / 张儒学著 . -- 北京 : 现代出
版社，2019.1
ISBN 978-7-5143-6745-4

Ⅰ . ①荡… Ⅱ . ①张… Ⅲ . ①散文集—中国—当代
Ⅳ . ① I267

中国版本图书馆 CIP 数据核字（2018）第 000548 号

荡起梦想的小木船

作　　者	张儒学	
责任编辑	杨学庆	
出版发行	现代出版社	
通讯地址	北京市安定门外安华里 504 号	
邮政编码	100011	
电　　话	010-64267325　64245264（传真）	
网　　址	www.1980xd.com	
电子邮箱	xiandai@vip.sina.com	
印　　刷	河北浩润印刷有限公司	
开　　本	880mm×1230mm　1/32	
印　　张	5.5	
版　　次	2019 年 1 月第 1 版　2022 年 1 月第 2 次印刷	
书　　号	ISBN 978-7-5143-6745-4	
定　　价	39.80 元	

前　言

　　本书精选作家张儒学多年来先后在《中国文学》《延河》《岁月》《剑南文学》《含笑花》《辽河》《凉山文学》《西昌月》《读者》《经典美文》《重庆文学》《中国新闻出版报》《中国文化报》《中国纪检监察报》《河北日报》《宁夏日报》《浙江日报》《天津日报》《重庆日报》等全国100多家报刊发表的散文157篇（27万字）。其中许多被《读者》《青年文摘》《城市文摘》和《青年博览》转载，文章以亲情、心灵和励志为主，是作者与读者心与心的交流与沟通，是对故乡那片热土的歌颂，篇篇文章如花一般绽放在生命的花园里，给人以启迪和智慧，让平凡的人生充满不平凡的财富和亲历。其中许多篇被列为中考、高考备选文章，如《枕月而眠》《腊月》《劳动的声音》《故乡的泥土》《月光下的村庄》等均被全国几百所学校列为高考重点试题。在台湾《人间福报》上先后发表《枕月眠》《小镇记忆》分别被香港、澳门等多家杂志转载。

目　录

第一辑　荡起梦想的小木船

　　那天，秋阳似火，当我们见到李老师时，他虽然满头银发，但精神饱满，身体健康，仍十分娴熟地撑着小木船。虽说这20多年中，他接送学生的木船换了一只又一只，但我们坐在船上，仍像20多年前一样坐在李老师为我们撑的船上，那只托起我们梦想和希望的小木船，仍在悠悠地荡着、荡着……

第二辑　麦子喂养的村庄

麦子喂养的村庄，总是那么富饶而温馨；村庄里生长的麦子，总是那么朴实而善良；山里人一样的麦子，不管在肥沃或者贫瘠的土壤里，还是在霜雪的覆盖下的严冬，或是在暖暖的春阳下，总是以一种乐观向上的品质，以自强不息的精神，用纯朴的生命的"本色"，将村庄点缀得生机盎然、有色有声；用不掺杂水分与杂质的勤劳与朴实，将山里人丰盈充实的日子一代一代地延续……

第三辑　生长梦想的村庄

在村庄里，似乎山里人个个都有梦想。梦想就像春天的花朵一般，时时散发出醉人的芳香；更像田里的庄稼一样，

3

在明净如水的月夜里，滋滋地抽穗拔节……有的梦想自己地里的庄稼，比别人地里的庄稼长得好；有的梦想自己新修的房子，跟城里的楼房一样高档；有的梦想去城里打工，发了财成了大款的；更有的梦想自己的儿子考上大学走出这山里的，实现了从祖辈传下来的梦想……

第一辑

荡起梦想的小木船

那天，秋阳似火，当我们见到李老师时，他虽然满头银发，但精神饱满，身体健康，仍十分娴熟地撑着小木船。虽说这20多年中，他接送学生的木船换了一只又一只，但我们坐在船上，仍像20多年前一样坐在李老师为我们撑的船上，那只托起我们梦想和希望的小木船，仍在悠悠地荡着、荡着……

荡起梦想的小木船

在通往村庄的那条河上，李老师接送学生的小木船仍在悠悠地荡着。

在我的家乡，因兴修一个大型水库把一个村分成了两半，而且水库里的水面比较宽，本无法在上面修桥，村里人赶集和出行都要走弯路才能到达目的地，似乎没受到多大的影响，只是住在村另一边的孩子上学就不方便了。我家就在河的另一边，每天上学得等船过河，有时等到放学时船还没来，急得我和许多在这儿等船的小伙伴，小脸憋得通红，甚至呜呜地哭，一时分不清眼泪和鼻涕来。

日复一日，有的孩子忍受不住，辍学了。记得父亲也曾为这事，不止一次对我说："孩子，上学每天等船过河麻烦，这学干脆不上了，过两年大点去学个石匠或木匠手艺，一样能养家糊口。"我却坚持要上学，但一次又一次等船过河的时间太漫长，使幼小的心灵备受煎熬。当等来等去仍等不到船来时，矛盾的内心就像一块吸满水的海绵，沉甸甸的，于是想象着像其他的孩子一样，不读书该是多么的自在。

这事被李老师看在眼里，忧在心头。他想：现在已有好多家孩子因此不上学了，如果再这样下去不知还有多少孩子因此辍学呢！李老师便与老婆商量，把家里准备修房子的

2

钱拿去买了一条木船，每天好接送孩子上学。他老婆最初怎么也不同意，经过李老师耐心细致地做工作，最终还是同意了。从此，李老师每天早上准时来到河岸边接学生上学，下午放学后又送学生过河回家，这所有的接送都是免费的，也许就是这只穿来穿去的小木船，不知托起多少山里孩子们的梦想。

"李老师买船专门接送孩子过河读书了！"这个消息就像一个特大喜讯在小山村传开，令多少辍了学或者不想上学的孩子兴奋不已，更让担心孩子上学不安全的家长也放心了。这下，有的已辍了学的孩子，又回到了学校继续读书，而且有些不想上学的孩子也打消了这个念头。每天孩子们一想到李老师会准时来接自己上学，心中就充满了希望的光芒。

有一天早上，同学们准时来到河岸边，却没见到李老师，更没见着那只小木船，我们都急切地等待着，可在等待中，看见一个老农撑着船过来了，他说："孩子们，上船吧，李老师病了，是他让我来接你们的。""李老师病了？"大家简直不敢相信，老农却说："这几天连续下大雨，李老师撑船来接你们时，全身都被雨水打湿，还没来得及换又给你们上课，所以就病了……"同学们不约而同地带着哭腔喊道："李老师——"老农安慰孩子们道："李老师没事，他的老婆已陪他去村卫生所了。"

后来，我们才知道，李老师那时还是一个代课教师，因为村里地处偏远，学校又因水库而交通不便，几乎没有哪个正式教师愿意来此教学，所以村小学都是一些跟李老师一样的土生土长的代课教师，学校除了李老师是男教师外，其余全是女教师。他知道，为什么有这么多孩子辍学，是因为一

水相隔，孩子不上学怎么行呢，难道让他们一辈子就在山里做没知识没文化的人……要让孩子回到学校读书，就必须有一条船，只有船才能托起山里孩子的梦想。他自然也承担起这项接送孩子的任务，因为他是一个教师，更是一个男子汉。

前几年，在国家对教师的优惠政策中，教了几十年书的李老师终于转成一名正式教师，虽然现在已退休，但他却当起了专业的"船老板"，每天撑着小木船在这条河上免费接送学生。在一次一次的往返中，让人感受到了李老师的亲切和朴实，感受到了李老师的敬业和高尚。

在这教师节到来之际，我们在县城工作的几个从村庄走出来的同学，相约回到村小学，去看望我们最崇敬的李老师。那天，秋阳似火，当我们见到李老师时，他虽然满头银发，但精神饱满，身体健康，仍十分娴熟地撑着小木船。虽说这20多年中，他接送学生的木船换了一只又一只，但我们坐在船上，仍像20多年前一样坐在李老师为我们撑的船上，那只托起我们梦想和希望的小木船，仍在悠悠地荡着、荡着……

枕月而眠

一个夏天的夜晚，我在乡下枕月而眠。

那是一个多么惬意而美丽的夜晚，乡村的夜静静的，明净的月光照在静寂的田野上，我十分悠闲地躺在父亲承包的鱼塘边的小屋里，看着布满星星的天空，枕着落在水里的月亮，在心中情不自禁地吟咏起李白的《静夜思》："床前明月光，疑是地上霜，举头望明月，低头思故乡。"

那是夏天的一个周末，我回到乡下老家看望父亲。尽管乡下树木密集、空气清新，但火辣辣的太阳似乎要把一切都烤焦似的。乡下人除了早晚上坡干点必要的农活外，多半都待在家里，或者在院前的竹林下乘凉，尽力地寻找最凉爽的地方待上一时半会儿，合合眼打个盹，这是乘凉的一种方式，更是一件快乐的事。

我的父亲乘凉的最好去处是他承包的那个鱼塘，因为要喂养和照看鱼塘里的鱼，父亲就在鱼塘边搭起一个简陋的棚子，棚子是用竹子编的，父亲还用泥巴在外面涂了一层，这样就冬暖夏凉了。冬天把门关上，里面生上一个炉子，不管外面下起多大的雪，里面也一样暖暖的；夏天只要把门打开，凉凉的风就轻轻地吹拂着小屋，里面凉乎乎的，仿佛是天然的"避暑山庄"。棚子里虽然只能放下一张床和几个小

凳子，但在这空旷的田野上，在这宽宽的鱼塘边，却显得别有一番风味。

也许我早就知道父亲鱼塘边的小屋冬暖夏凉，一到老家就直接往父亲的鱼塘跑去，只见父亲的小屋里正坐着几个人在高兴地聊着天。他们见我回来了，就赶忙叫我进去坐。他们仍天南地北地聊着，我却在屋里坐着乘凉，也许是我在城里吹惯了空调，回到乡下尽管手中的扇子扇个不停，还是感觉到很热，全身都被汗水浸透，可来到这小屋里，一会儿就感觉到凉凉的。

不一会儿，那几个跟父亲聊天的人走了，父亲就与我聊起来。在这清清的鱼塘边，时不时有鱼儿露出水面，它们在水里游来游去，时不时弄出"叮叮咚咚"的水声，父亲看着顽皮的鱼，高兴地说："这些鱼，多可爱，我看见它们就像看见你们小时候一样，很高兴很快乐呀！"我说："听说你这鱼塘承包期快满了，还承包吗？"父亲说："当然要承包，只要在这鱼塘边一坐，心中就有一种快乐和踏实的感觉哟！"我似乎明白了父亲的心情，虽然我们都劝父亲不要再承包这鱼塘，因为母亲常年在城里帮着做生意的弟弟带孩子，也想让父亲去城里享享福，可他总以有鱼塘走不开为由一再拒绝。后来，我也没有再劝父亲，只是听他说些村里新近发生的事，我也告诉他城里最近出现的那些新鲜事……

晚上，父亲说我怕热，让我就在鱼塘边的小屋里睡，他回家去睡。我高兴地接受了父亲的这一安排。这是一个多么静寂而美丽的夜，人们唤回未到家的鸡鸭之后，月亮沿着山顶升起，虽然农家小院的灯火通明，但还是挡不住这月光的明净，皎洁的月光照在那片静静的田野上，好一幅美好的山村田园美景。我走出小屋，站在鱼塘边，看着月光映照下的水面，如临仙境一般。

这时，村子显得静静的，似乎没有我记忆中的热闹声——特别是在夏天这样美丽的夜晚，到处都是乘凉的人们热闹的说话声，还有粗犷的笑声和动听的歌声……现在，山村里的大部分青壮年都举家外出打工了，山村里多半是劳动了一生对土地也一生钟爱的老人，还有在山村里默默承担起照顾老人和孩子的女人们。他们依旧守护着乡村、依旧守望着乡村的这浓浓夜色，延续着乡村里耕种和收获的欢愉。

夜已经很深了，我不知是因为这山村的静寂而沉思，还是因为月光下的山村夜色而陶醉，而无法入眠。尽管我躺在这凉爽的小屋里，但眼前却是被月光点缀的鱼塘美景，我透过这一片清清的水面，看见落在水里的月亮比天上的月亮更明更大更亮。我想起了李白的《古朗月行》："小时不识月，呼作白玉盘。又疑瑶台镜，飞在白云端……"是多么美妙的一种意境，我再低头一看，落在水中的月亮正慢慢在向我靠近，此时，月亮似乎就在我枕下——

我枕着月亮，渐渐地进入了梦里，梦中我却变成了一条飞在天上的鱼！

高山竹

高山上的竹子，整日吮吸着山水灵气，有着耐寒宜暑的属性，我赞美高山竹。

那是去年的初夏时节，天气渐热，我打工的工厂又处于生产淡季，我便利用自己从小跟母亲学会编竹席的手艺，趁工余时间替当地人编竹席，以挣得微薄的收入来维持生计。我可以去坝上那些院前院后的大片大片的竹林里砍竹子，这些早年被小镇上的纸厂当成"宝"的竹子，如今却被当地人蔑视。如果砍来当柴烧，又比不上煤气与煤球便宜；砍来编竹筐竹背篼呢，但这里早已成为工业小镇，大多数人们整日忙碌在大大小小的厂矿企业里，种庄稼的越来越少，这些肩挑背驮的竹筐竹背篼也就不多了。自然这些竹子就只能像那些荒芜着的土地里的野草一样，自然而然地生长，又自然而然地枯萎。只有我，要把它当成了可利用的资源，变废为宝了。我便去砍来竹子编竹席。虽说这坝上的土质很肥沃，但离镇上近，厂矿企业里的废气废水将它们污染，砍来的竹子多半没有韧性，易折断，让我深深地为之惋惜。

就因为这个原因，当地有些需要竹席的人家，不愿用在坝上砍的竹子编的竹席，他们都说那高高的山顶上的竹子好，有耐性，没有被污染，有益于身体的健康。我就萌生了去高山上砍竹子编竹席的念头。第一次上山，是一位当地老人领我去的，他领我穿过深深的草丛，在前面用刀砍路，我就气喘吁吁地跟着他往山上爬。老人边砍边说："过去，这儿就是一条上山的大路，怎么现在就没有人走了呢？山上是一片大茶园，过去上山采茶的人很多，现在却无人问津，路也没有了。"我跟着老人走了好一阵，终于爬上了山顶，果然，那一大片一大片的竹林就展现在眼前，让我兴奋不已。

老人指着这片竹林说："这片竹林，是我们亲手栽的，当时镇上只有唯一的企业——纸厂，这片竹子长成林后，我们年年都上山来砍竹子卖给纸厂，这些竹子还是我们的主要经济来源呢！现在镇上工厂多了，人们都有钱了，谁还来管这些竹子呢？"

我看着这些竹子，果然与下面坝上的竹子不一样，嫩绿色的竹叶，在风中舞动着，发出了轻轻的声响，而那一根根竹子，却高高地耸立于竹林中，显出了蓬勃生机。整个山间空气清新，未散尽的白雾，还在山间回旋，小鸟在林间跳跃，发出动听的鸣叫。我便开始砍竹子，但有些不忍心打破这林间的寂静。老人似乎看出了我的心思，他说："砍吧，竹子这东西不像树，更不像其他植物，年年砍才年年发，如果不砍，它就会自然而然地死去。"其实，我也懂得这个道理，因为家里常年编竹席的父母，把竹子真的当成了宝，可父亲总是年年砍年年修，竹子也一年比一年长得高长得大，院前的那片竹林更是一年比一年长得更茂盛。随后，我便走进竹林里，砍着一根根竹子，心情也为之舒畅。这些竹子从颜色上看，青青的，纯天然色，没有一点被污染过的那种黄斑点；从筒口上看，根根筒口稀，节巴少，称为"拉筒"，

好做活儿，编出来的竹席，就显得平整受看。

老人说："用这高山上的竹子编竹席，据说有清暑耐湿的功效，我之所以执意要你上这山上来砍竹子给我编竹席，完全是为我那瘫痪在床的老伴，不是想用这张竹席治好她的病，而是想让她更轻松地过完这个夏天……"

我打断老人的话，说："也许是吧，因为这高山上的竹子，整日整日吮吸着山水灵气，更是吸取了日月精华，或许除了有清暑耐湿的作用，更有延年益寿的作用吧！"

老人听后高兴得像个孩子似的说："真的吗？要真是这样，我当年栽下的这些竹子，就总算没白栽了。真是老天有眼，用这种方式来回报我这个当年的栽竹人呀！"

待竹子砍好后，由于下山的路远，又十分陡峭，我便在山上把竹子划成篾条，下山既好拿又轻松。在划篾条的过程中，一阵阵竹子的清香扑鼻而来，老人说："这竹子有香味？"我点了点头。这竹香，既像青青的小草般的幽香，又像花朵般的芬芳，更散发着山间清新的泥土气息，让我陶醉，更让老人陶醉。随后，我们扛着已划好的篾条，沿着来路下山，老人说："这条路我已有十年没走了，今天为了上山砍竹子，我又来走了一趟，我高兴呀！好像又回到当年栽竹子、砍竹子的情景，那时我年轻，路上我们还要唱山歌，还要与上山来采茶的姑娘对歌说笑呢！"老人说着说着便陶醉在一种难以平静的回忆的喜悦之中，我也被老人的兴奋劲儿所感染，更是沉浸在一种因为劳动才能获得的愉悦之中，心情也久久不能平静。

回来后，我就赶紧用这高山上的竹子为老人编成了竹席，好让他生病的老伴躺在这张竹席上，轻松而愉快地度过这个夏天。当老人拿着这张竹席回家时，逢人便说："这是高山上的竹子编的，就是与坝上的竹子编的竹席不一样，能清暑耐湿，能延年益寿，最适合我那瘫痪在床的老伴睡。"经他这么一说，相邻的好几户人家，也要我用这高山上的竹子给他们编竹席，我便在他们的引领下，来到高山上砍竹子，再划成篾条拿下来。虽然爬这么高的山很累，但我也心甘情愿，因为还可以从中感受一番大自然的美景。站在高高的山上，听不见小镇上繁杂的喧嚣声，像竹子一样吮吸着清新的空气，沐浴着暖暖的阳光，心情也格外舒畅。我还能从那些引领我来山顶上砍竹子的当地人那高兴的神情中，获得一种平时少有的亲切，不管是一句"请你编好点"的叮嘱，还一是句"感谢"之类的话语，都使我真正融入了这方水土之中，更有一种家一般的温馨与愉悦。

就这样，整个夏天我就在替当地人编竹席。火辣辣的太阳晒得我汗流浃背，屋里闷热的空气让我编竹席时，总是湿透衣服，但只要闻着竹子散发出的清香，看着主人满意地拿着竹席回家时，心里就无比的激动与高兴，心情也格外的舒畅，同时我也从中得到了经济实惠，整个夏天，我过得十分充实。

夏天过后，工厂里又恢复了生产旺季，那些经不住淡季煎熬的工友们有的早已离去，可在旺季时又想回工厂却不行了。而我就靠这编竹席耐住了这段寂寞，走出了困境，终于又忙碌于工厂里那紧张的节奏中，我想是高山竹给我带来的好运，更是高山竹给我带来的启迪。不是吗？你看这高山竹，过去人们栽下它，年年被人砍来卖给纸厂，为这里的人们的吃穿用度立下了汗马功劳。如今却被人们遗弃，可它们

依然默默地生活，沐浴着阳光雨露，头顶一片蓝天，脚踏一方净土，依然对生活充满信心，如今又被这里的人们，看成是用来编竹席的最好的竹子，能清暑耐湿，延年益寿……说不定，明年还有更多的山里人，来这高山上砍竹子，做成纯天然的椅子、凉床、凳子等，还有望成为"稀世珍品"。我相信能有这么一天，因为高山竹那"高风亮节"的精神，那耐得住寂寞的性格，那远离闹市的诱惑和甘守清贫的美好情操，那大山般博大的胸怀，不是早就让人赞美与敬仰吗？

啊！我赞美高山竹，我更想变成高山竹。

老院子

老院子不知是何时修建的，也不知里面的人是怎样住进去的，但老院子就成了他们生活的乐园。

老院子离我家不远，那被大大的圆柱子撑起的瓦房围成的四合院，虽然因年代久远而显得有些古老，墙上还依稀可见脱落的痕迹，但仍不失当年的气派，不失当年的宽敞……老院子处处显示出古朴久远的风貌，但老院子总是在一种平和的情调中迎来春夏，又在和谐的神情里送走秋冬。

那时，也许老院子最集中的是外地来的打玩意的人，他们总是在老院子里"叮叮当当"地打起好看的玩意来，惹得全队的大人小孩都往老院子里跑。还有外地来的耍猴戏的人，也都往老院子去，那精彩的表演使得老院子多了几许神秘。如果是过年过节，人们穿上新衣服也得往老院子里跑，似乎只有在老院子里才能展示自己漂亮的着装，才能感受到快乐和开心。没事时男人们三三两两在一起说笑，粗犷的笑声在老院子里如雷般地响起。女人们三五成群在一起唠叨着，欢笑声像细雨声般温柔而甜蜜地在老院子里飘荡……

如果队里开队会，就是队长不说地方大家也知道在老院子里开。这下全队的男女老少不管手头有再忙的活儿，都得放下往老院子里跑。如开春了，该怎样平整秧田；如果要

打谷子了，也在这儿开会，商讨哪几个人在一起干活；年终了，怎样分粮也在这儿开会讨论；如果队里买回一头牛，应该给谁喂，也在这儿安排……就这样老院子系着人们的生计，系着人们的油盐柴米。

特别是公社电影队来队里放电影时，队长也安排在老院子里，老院子里就显得特别的热闹。还在下午时，高音喇叭里迷人的歌声便在村里响起，一时间老院子似乎在向人们展示她的美丽的风采，显示出她成熟的魅力，使前后几里路远的人早早地来到老院子，老院子就被欢乐和笑声挤得满满的……

更多的时候，老院子散发着一种平和安静的情调，映现出和谐静谧的色彩。四合院的大门似乎从未关过，四合院里总是其乐融融。虽然住着的不是同一姓人，在一起住得久了就像一家人似的。正房住着的李爷爷和李奶奶的脸上总是挂着慈祥的笑容，西厢房住着的王二叔叔总是爱帮别人提点别人提不动的东西，东厢房住着的马大叔凡哪家有个事总是喜欢跑跑腿……老院子里的人看见亲切，称呼起来也亲热。

我的大姨住在老院子里，没事时我就往大姨家跑，为的是能去老院子里玩。大姨家就住在老院子的斜厢房里，两间窄窄的屋子，大姨一家在一起本来就挤，而我到大姨家就显得更挤了，但我却喜欢去。白天就与我差不多大的表弟跟院子里的小孩玩，晚上就与表弟在大姨房间的屋里通宵打闹，那时老院子就是我童年的乐园。

老院子虽不大，但里面仍有几棵桃树李树橘树等，三月总有桃花李花盛开，秋天果子熟了有果子飘香。更有一棵大大的老槐树，像一个老人似的站立在院子的一角，给老院子

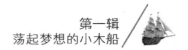

增添了的古老的色彩。在那月光明净的夜晚，孩子们总是坐在树下听李爷爷讲故事，听得孩子们总是发出唏嘘声，更是在那夜色中听王二叔讲故事后，我和表弟在老宅子的黑暗处不禁地传出了惊叫声……

如今，里面住着的人家几乎都从老院子里搬出去了，在外打工或经商致富后，不是在街上买了房子，就是在离老院子不远的公路边修起了小洋楼。大姨已经随在城里做生意的表弟住进了县城，没事时也常常回老院子去看看老屋。不知她是因为思乡的心情，还是对老屋的深爱，让人将老房时时修整，才没有被雨淋坏，老院子的别的房子拆的拆、垮的垮，只有大姨家还保存完好。

前不久，在县城工作的我陪大姨回到老院子的老屋，老院子的四合院不见了，只留下大姨家孤零零的两间房子，似乎随时都会被大风吹垮似的，那被岁月磨得光溜溜的石坝子还在，好似还在回首当年的热闹场景；大姨门前的那口天井也在，如饱经风霜的老人那深陷的眼睛……

老院子不在了，却成了我心中最美好也最难忘的记忆！

农　事

在三月那灿烂的阳光下，农事就像那一场细细的春雨，将乡村点缀得格外繁忙而温馨，农事就在父亲的犁铧下变成一行行抒情的诗句。

大约在过了春分的时候，本来平静而悠闲的乡村，在一场细细的春雨后，就显得格外热闹而繁忙起来，因为有"春雨贵如油""一滴春雨一两金"之说。这时的山里人的心便开始躁动起来，一声声"播种啰——"的声音，将古老的山村喊醒，躲在林间的布谷鸟也来凑热闹，一声声"布谷——布谷"的叫声，更增添了几分热闹与幽深，几分春意与含蓄。

在嫩嫩的阳光下，农人们开始忙碌起来，用心将在期待中沉淀了一冬的农事开始梳理，有水的田块就播撒谷种，没水的田块就种下玉米，田边土坎上播下豆子、瓜果……总之，田块在农人的心目中，就像庄稼人的日子一样，没有一点点多余。一把把金黄的谷粒，从庄稼人那双粗糙的手中滑落；一粒粒饱满的玉米种子，从大山里那粗犷的笑声中滚出；一颗颗沉甸甸的豆子，如同放飞的鸽子……农事里的播种，就是一个崭新的开始。一粒粒种子，连同这暖融融的春光，连同这质朴的情感，一起播撒在这片新翻的热土里……

16

种子播下后，山里人便等待种子发芽，仿佛还常常在梦中听见种子萌芽的声音，这声音似乎比什么声音都真实。山里人不需要虚伪的祝福，只需要实实在在的问候。在这个时节，似乎什么都显得多余，唯独只有一句话最动听，那便是"你家的种子发芽了吗，一定像个白胖小子那么肥壮吧？"不管是问的人还是被问的人，都像娶媳妇、嫁闺女一般兴奋。仿佛四处开放的花花绿绿的花朵，对于山里人来说，都无心去欣赏，他们只对自己播下去的种子充满期待，对自己田地里的刚刚长出的嫩芽，既高兴又心疼，还不停地自言自语："真胖……真嫩！"经过精心呵护，嫩芽长高长青了，他们才发自内心地笑。

然而，在秧苗稍长高点后，便要整田栽秧，栽秧时田里更热闹，三五家人相互换活儿。三五家人一起围在一块田里干活，既热闹又风趣，在那不断的爽朗的笑声中，那一块块田野穿上了嫩绿的盛装。在玉米长高了后也要移栽，只有把这些玉米苗移栽在土里，播种才算真正的完成。因此，在这个季节里，山里人再劳累也不觉得累，相反还觉得时间不够用。

农事，就在这个时节里，被展现得淋漓尽致。山，在播下种子或移栽了玉米苗后，似乎变得更有灵性。农人们望着这山，总是发自内心地笑笑；姑娘小伙儿望着这山，总是如痴如醉；老年人望着这山，自言自语地说："春种一粒粟，秋收万颗子。"……真是"草色遥看近却无""千里莺啼绿映红""今夜偏知春气暖，虫声新透绿窗纱"……随着一阵阵"滴滴答答"的春雨，随着一声声脆嫩的鸟啼，田野里的秧苗泛青了，山坡上的豆子抽芽了，大地里的玉米疏叶了。

17

农事，就在坡上坡下，田里土里，被山里人的那双勤劳的手，绘成了丰盈充实的画卷。在甜美的画卷中，飘出了瓜一样的香，果一样的甜，稻谷一样沉甸甸的希望来……

啊，是农事让三月的阳光灿烂而美丽，是农事将那一场细细的春雨点缀得缠绵而温馨，是农事让父亲的犁铧飘出了一行行飘香的诗句。

乡村打谷月

一般在农历的八月，就是乡村打谷月。

大约在过了立秋，田里的谷子渐渐熟了，到处都是金黄金黄的，呈现出丰收的喜悦。山里人便准备着打谷子，或是三五家换活儿打，或是请上亲戚朋友帮忙打。没有其他事干又有劳力的人家，就干脆自家几个人慢慢地打……总之，这种气氛并不亚于过年过节，因为不管秧子栽得早与晚，到这时田里的稻子都一样成熟了。

好像一切都还没准备好，田里的稻谷便熟透了，田野时不时地响起了打谷子的"咚、咚"声，还有山里人那粗犷而欢快的说笑声。这时，大人教育小孩子也都说："打谷月，放学后要早点回家来帮着做点事哟！"如果哪家的男人起来得晚了点，总有女人叫道："打谷月，早点起来嘛，好把田里的谷子早点打完！"一般女人都很早就起来了，把饭做好，还把猪食弄到锅里煮起，然后拿着镰刀出门去了。在黎明前的稻田里，响起了一片"嚯呼""嚯呼"割谷的声音。天刚放亮，男人一趟一趟地扛着斗、挑着箩筐来到田边的时候，女人们已割倒了一大片谷子了。

在这打谷月里，晒坝是非常重要的。一般是生产队时留下来的，在实行土地承包后，生产队的什么东西都分了，只

有这块晒坝没分，十多户人家合用。平时谁家娶媳妇嫁闺女做上十桌八桌的，就摆在这个晒坝上，既宽敞又干净。打谷时节，晒坝利用率最高了，但乡亲们从来没有因为用晒坝而争吵过。哪家该先打谷子，哪家该后打谷子，不用商量，乡亲们似乎都有一个不约而同的顺序，心里都有一种不需协商的默契，更多的是有一种相互的信任和理解。

在打谷子时，听天气预报几乎是每家都关心的事，如果是一家人自个儿慢慢打，管他下雨天晴都没啥，如果晴天就边打边晒，下雨就在屋里也能摊开；要是请人帮忙打和换活儿打就麻烦了，几亩地的谷子一天或两天打完，如果是晴天，可能会摊干水分，如果遇到下雨，就会生秧。所以，在打谷子时谁都希望太阳大点，哪怕是晒得打谷子的人们汗流满面，但心里也乐滋滋的，比吃了蜜还甜。

不管白天打谷子打得有多累，只要亲戚或是朋友在一起，晚上总要喝几杯烈性酒，几杯烈性酒一下肚，所有的疲倦和劳累似乎都烟消云散，高兴地喝酒，大声地聊天，这种氛围并不亚于过年过节。不喝酒的女人们，却坐在院坝里拉家常，院坝里的月光像牛奶一样，细腻地、柔美地将院坝映照得白白如霜，堆在院坝里高高的谷堆，总是让她们看得那么兴奋，看得如梦如幻。然后，不知谁说了一句笑话，把她们逗乐了，笑声就如院前的小溪水般一下子荡漾开去，在山村里久久回荡着……

后来，山村里兴起了用打谷机打谷子，比起原来用斗一把一把地扛要先进多了，随着打谷机很有节奏的轰鸣声，像唱起了一首欢快的丰收曲，使山村里的打谷月就更是热闹了。随着打谷机不停转动，农户们一家挨着一家轮流打。也

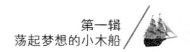

无论人多人少，男女老少皆可。几乎都是全家人披挂上阵，父亲往机子里入稻秆，哥哥姐姐在抖稻草、扒稻籽，其他人有捆稻草的、堆垛的，忙得井井有条。

如今，随着全自动的收割机开进了村里，这打谷月似乎就变成了打谷周了，不管再宽的面积，只要收割机一过，就只见稻秆整齐地摆在田里，谷子就像喷水一样喷洒在机上的斗里，再不需要人工割和打了，农人们只把谷子挑回家晒就行了，这大大地减少了劳动力，以前从开斗打谷子到收斗时基本上要一个月，现在几乎只要几天时间了。过去那些打谷子热闹而欢快的场面，也渐渐远去，消失在了记忆的深处。

又是秋后的打谷月，再也感觉不到原来打谷月的热闹和忙碌，只见那收割后的田野显得特别空旷，那全自动收割机的痕迹随处可见，唯有阳光下的晒谷场上，金黄金黄的谷子在农人们欢快的笑声中，微笑着、歌唱着……

腊　月

腊月就是天气最冷的月份，腊月就是街上的服装店生意最兴隆的时候，腊月就是从农家小院里飘出一缕缕熏腊肉的烟雾与香味的时候。

腊月就是最冷的大寒数九天，老人躺在床上不出门，还不停地问还有多久立春。而小孩子就不同了，最高兴的时候就数腊月了。在腊月里，大人一般情况下不打骂小孩，因为他们心中常想到，要让来年吉利就得忌嘴，更有"腊月忌尾，正月忌头"之说，所以在腊月里就得有一种好心情，凡事都得忍让和包容。腊月里，不管有钱无钱，家长总得想办法上街给自家的孩子买上新衣服，好让小孩在正月初一穿上，高高兴兴地迎接新年的到来。这时，也不再心疼钱了，不管卖衣服的摊主要价多高，只要孩子喜欢，都得买下。因此单这种气氛就让人特别兴奋。最让孩子们高兴的事，是在腊月里杀猪时，可以跟着大人们今天在这家吃"刨汤"，明天去那家吃"刨汤"，而自家杀猪时，也请上亲戚朋友，左邻右舍慢慢地做上几桌，好好热闹一番。这样，整个腊月就显得格外的让人开心。

尤其是常年在田野上干活的庄稼人，最盼望的也是腊月的到来，腊月里田里的农活基本上干完了，可以上街去放心喝茶，可以安安心心去走亲访友，十天八天不会被田里的活儿困扰。家里的妇女也最清闲，圈里的肥猪该卖的卖了，年猪也杀了，回娘家住上一阵子也无牵挂。总之，腊月就是一年来最清闲的日子。在外面打工的人，心中最盼望的也是腊月，因为腊月的到来就预示着春节快到了，五一、中秋、国庆都从未放过假的工厂，只有在春节才放假，假期中好安安心心地回家过年，没有了去工厂里请假而不批准，还得请人去顶班的苦恼。每到这时，心中总是在想着给父母买上点什么礼物，是"脑白金"还是"老白干"，在那一个又一个失眠的夜里，总是感到家的温暖和美好。

我就是这样一个常年漂泊在外的人，平时过什么节都从未回过家，也从未有过回家的念头，因为工作的繁忙和路途遥远。而在每年的春节都得回家，不管手头有多么重要的事情也都得放下。更不管是在沿海相距千里或是在本市只隔百里，只要一到腊月，心中就有一种高兴劲儿，想到了父母一定在计算着今天是腊月初几或者十几了，过年还有几天，一定要将猪尽量喂到月底。等到年猪已经杀了，要选出一块最瘦的肉熏上，还要灌些香肠。因为从小到大，我最喜欢吃母亲熏的腊肉与香肠了。因此，腊月就让我心驰神往，充满着期待与梦想。

腊月对于一般的人来说，是那么的富有情趣，是那么让人心动。办年货、打扫房子，忙得不可开交。腊月还有一个重要的意义，便是象征着一年的结束，新的一年又将开始。不管在这一年里成功也好失败也罢，赚钱也好亏本也罢，管你愿不愿意都得画上一个句号。又在心中为自己设计下一个目标，在心中为自己制定出又一次航程。在这腊月里，老人

23

们又在自语道："我又高了一寿！"年轻人、小孩们又在大声说："我又长了一岁！"这话听似简单，实则包含着一种岁月的无情与人生的无奈。我也在心中感叹道："腊月一过，我又漂泊了一年。"

腊月里常常会下雪，洁白洁白的雪漫山遍野，让人想到"瑞雪兆丰年"。可就在这下雪的日子里，我看见院前的蜡梅却傲然绽放，让人想到"梅花香自苦寒来""梅花欢喜漫天雪"等诗句，对梅花给予了不同视角的赞美。这时，远在故乡的母亲总会打来电话说："天气冷，要多加点衣服。"母亲的话，就像这冬天里的阳光，让我感到无比温暖。腊月，就这样因为雪而美丽，腊月又因为梅花而多彩，腊月因为母亲的牵挂而温馨和幸福。

啊，腊月，就是被农家小院里那熏腊肉的炊烟熏浓的腊月，就是被服装店里那些花花绿绿的衣服点缀的腊月，就是被每一个漂泊者回家过年的匆匆脚步踏得缠缠绵绵的腊月……

新年说"新"

新房子

在新年到来之际，朋友老王终于搬新居了。

以前，我们在一起喝茶聊天时，老王总是羡慕别人在城里有房子，可他一直想买一套房子就是没买成。我们常劝他："在城里工作，就得有一套自己的房子哟！"他却笑笑说："再等等看，等过了年再说！"这样老王就把这事搁了下来，一直就租房子住着。眼看快过年了，老王看到身边的同学、朋友、亲戚都在忙着买房子、装修，说要在新年到来时搬进新居，图个吉利。

老王终于心动了，他也找了一个迎新年的理由，说服了自己也说服了家人，终于下定决心在城里新开的楼盘里按揭了一套房子。他也想沾个新年的"新"，因为新年有新景象，新年有新梦想，新年更有新希望……当他把买房的消息告诉了女儿，女儿高兴地说她明年毕业后也要回县城工作，因为在县城她也有一个家了。乡下的父母说他们要在过年后来城里住，年迈的父亲说他想像城里人一样，整天都去茶馆里喝茶聊天。已过花甲的母亲说她最想参加城里的健身队，早晚都去跳健身舞……

在新年的第一天，也是老王搬新家的日子，老王一家终

于搬进了梦寐以求的新居，我们的心情也像老王一家的心情一样，似乎沾了新年的喜气，非常开心也非常快乐！

新车子

朋友小李一直想买一辆小车，可他就是下不了决心。

小李是个小学教师，家住县城，可他却偏偏在一个小镇上教书。不管再冷再热，每天早上他总是骑摩托车跑10千米多去学校上课，下午放学后再骑摩托车匆匆地赶回家。要是下雨天，骑摩托车全身不但要被雨水打湿，更因为路滑不安全，有几次还真差点出事。他多次提出想买一辆小车，一是去学校上课方便，二是也可让他时尚时尚，可他的老婆就是不同意他买车。

在新年到来时，或许是因为新年能给人好心情，新年能营造出新氛围，新年能给人新憧憬……当小李不抱任何希望，只当笑话对老婆说："新年了，要是有一辆新车开回家，不知有多开心呀！"一直反对他买车的老婆，却十分爽快地答应了："你去买嘛，新年新车肯定还有新的惊喜哟！"小李似乎不相信地问："真的？""当然是真的，因为我有一个同事，也要在新年开一辆新车回家，说是图个新年的'新'，沾个新年的'喜'哟！"这让小李十分惊喜也十分高兴，第二天也就是新年这天，他便利用这来之不易的机会，赶紧与弟弟去一家汽车销售中心买了一辆车回来。

当学过驾驶也拿到了驾照的小李，将一辆崭新的小车开回家时，赶忙打电话请我们去坐他的新车，他要让我们坐着他的新车在县城里转上几圈，再去郊外的农家乐吃饭。

当我们坐上他的新车时，从车窗看去平日平平常常的、

26

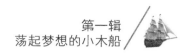

普普通通的县城，在这新年里却不同往常，仿佛变"新"了，变美了，变得更迷人了……

新的梦想

"一元复始，万象更新"，也许是新年的气氛将我感染，我也变得崭新了。

平日里懒懒散散的我，没有新房也没有新车来"新"，但在新年那浓浓氛围的感染下，也获得一份好心情。于是，便找了个迎新年的理由，十分高兴地打扫平日难得打扫的房间，让这房间也变得"新"起来。给自己买一套新衣服在新年里穿上，让自己变得更有精神。将平时难得擦一次的窗子擦擦，让窗玻璃变得更加洁净透明，好让新年的阳光早早地照进来，照亮那间有时空旷有时拥挤的小屋。也给皮鞋上一次油，让自己在新年里的每一步都能踏实，脚下的路变得更加平坦而宽阔……

经过一番打扮之后，我发现自己在新年里，从里到外，从上到下，从过去到现在……都像与新年接上轨，与新年沾上边，全都是"新"的：新的穿着，新的思维，新的心情，新的脚步，新的希望，新的开始……这时，我赶忙给在本城或者远方的朋友、同学发去短信，从此将更加珍惜朋友间真正的友谊，赶忙给远在故乡的父母打个电话，带去心中的问候与关心，赶忙向办公室的同事问一声好，给同事送去一份开心和祝福……

然后，对着镜子照照。呵呵，在这新年里，不但我已变成了一个全新的自己，就连梦想也全都是"新"的了！

回　家

　　好久没回老家了，乡下的父亲打来电话，叫我回家看看，说是路修好了。

　　那天正是一个周末，我从县城乘车来到镇上，下车后，便有好几个摩的司机前来搭话："你是不是回家？坐我的摩托车吧，价格便宜。"我说："算了，我还是走路吧，去年我回老家坐的摩托车，可那坑坑洼洼的乡村公路像安了弹簧似的，颠得我全身散了架，让我痛了好久哟！"其中一个小伙子说："那是去年的事了，现在那条路修好了哟，跟城里的柏油路一样平，坐车一点都不颠。"我听后既高兴又惊喜，也有点不敢相信，最后还是想去试试，就坐着他的摩托车向乡下的老家驶去。

　　那条从镇上通往村里的公路，果真像那位骑摩托车的小伙子说的，变成平平的宽宽的水泥路了，坐在他的摩托车上，就像在城里坐公交车一样，一点都不颠，还感觉挺舒服呢！快到村口时，正好碰上初中的同学周建，他大声地叫我："老同学，快下来玩一会儿。"我赶忙叫摩托车停下，说："我就到这儿了。"

　　我问周建："听说你这些年一直在外面打工，多会儿回来的呀？"他笑着说："我是去年春节回来的，再没出去

28

了，就利用我在外面帮老板养鱼学的技术，也在家养鱼。因为现在公路修通了，买鱼苗、鱼饲料以及卖鱼都方便了！"我说："那当然好，自己当老板多好呀！"周建领着我去看他的鱼塘，他的鱼塘就在他院前的公路边，现已蓄满了水，里面不时有鱼儿欢快地蹦出水面，然后又一骨碌地钻进水里，弄出让人高兴也让人欣喜的"叮咚、叮咚"声。周建高兴地说："好多年前，我就想养鱼，可因为不通公路，买鱼苗和鱼饲料不方便不说，就是卖鱼全靠人挑就麻烦，现在公路通了，我可以大干一场了。"

周建说得我也深有感触，记得我还在上初中时，我家喂的那头老母猪特别争气，下了12个猪崽。我爸妈十分高兴，都在心里盘算着等这猪崽卖了后给家里添置什么家具。爸爸想给家里添一台彩电，因为他喜欢看中央台的新闻联播；妈妈却在心里计划着等这猪崽卖了，好给家里添一台洗衣机，因为洗衣机洗衣服既省力又节时。

那天，我们去卖猪崽，由于离镇上有5千米左右，要走两个多小时，必须在天还没亮就得出门。当时天上下着细雨，路很滑，爸爸和二叔分别挑着小猪崽，母亲打着手电，我给他们提着衣服。在半路上，突然父亲不小心滑进了水田，小猪崽从装的筐子里跳了出来，大家都赶忙找跑出来的小猪，由于找猪崽耽误了时间，再加上猪崽落水后，弄得全身是泥，所以少卖了好多钱，父亲因为滑倒在水田里全身衣服被打湿，回家后也大病了一场。如今新农村建设改变了农村的面貌，过去的泥泞路没有了，我的心里感到莫大的欣慰。

"老同学，你在县城工作也难得回来一趟，今晚就在我这儿吃晚饭吧，我一会儿去网两条鱼，我俩好好喝两杯。"

　　我看周建是真心挽留，便同意了："好，我俩好几年没见面了，今晚就在你家喝两杯。"随后，周建就安排他妻子上街买酒买菜，他妻子出门手一招，坐上一摩托车上街去了，没多久就买了回来。

　　晚上，我就在周建家吃饭，桌子摆得满满的，也算是大鱼大肉。我便和周建边喝酒边说话，周建说："我初中毕业后，由于家庭困难没再上学而出去打工，以为这辈子就这样打工哟，现在家乡的条件好了，我也开始干自己想干的事了，你说是不是？"我说："当然，现在农村才真正是广阔的天地呀。"他却说："我计划今年初试运行，明年再正式运行，3年扩大养殖规模，再招两个人帮忙，我也想当一回老板。5年后，我还要成立养殖联营公司……"我听后，十分高兴，为他描绘的发展蓝图欣喜不已。

　　我起身告辞回家时，周建说什么也要送我，我看他喝醉了就没让他送。这时，父亲却打电话问我："怎么现在还没到家呢，你现在在哪儿？"我告诉父亲我在周建家吃了晚饭，正走在回家的路上，父亲说："你等着，我开着三轮摩托车来接你。"不一会儿，父亲开着三轮摩托车来了，我问父亲："您啥时买的三轮摩托车呀？"父亲高兴地说："才买了两个月，有了这个，出门上街多方便呀！"于是，我坐上了父亲的三轮摩托车，比坐在单位的小轿车上还要高兴，还要舒服呢！

　　一缕晚风吹来，吹得我的心情十分舒畅，抬眼望去整个山村似乎沉醉在和谐而美丽的夜色中，不远处传来的《常回家看看》的歌声，显得特别的动听，也特别的温馨……

编竹席的母亲

母亲编的竹席，在夏天睡起来十分凉爽。

在我的记忆中，母亲不但能干家里的喂猪、洗衣、煮饭之类的活，还能编竹席，而且编的竹席还远近闻名呢！凡哪家要娶媳妇或嫁闺女，都来家里买母亲编的竹席。这样，母亲编的竹席根本不用拿到街上去卖，而是编一张就有人来买一张，有时还要先预订，所以一直都是供不应求。也许是那时家里的经济条件不好，或是因为母子爱好编竹席这手艺。不管是严寒酷暑，还是农忙农闲，母亲照样忙着编竹席，似乎在换得油盐钱的同时，也能找到劳动的快乐。

尽管母亲编的竹席受人称道，可我以前还从未睡过母亲编的青篾席，而是睡的编了青篾席后，用剩下的黄篾条编成的黄篾席，那黄篾席睡起感觉太热也太粗糙了。我不知多少次嚷着要母亲给我编一张青篾席，母亲却说："一张青篾席要卖十几元，现在你们几兄妹上学读书要钱，家里的零用开支更要钱，将就睡黄篾席吧！"我作为几个兄妹中的老大，听了母亲的话深深地感到父母的不易。

不久，我就考上高中了，要到县城里读书住校了，我想这下母亲应该给我编一张青篾竹席了吧，可没想到母亲却说："孩子，娘知道你考上高中不容易，你最想要娘给你编

一张青篾竹席拿到学校用，可你知道不，我们家现在经济紧，娘只能编竹席供你们几兄妹上学，一张竹席卖了就能够你一个月的生活费！"我明白了母亲的意思，说："娘，没事，学校啥都有，你别担心！"去上学时，我背着母亲为我收拾的衣物，乘车去了县城，当晚生平第一次睡在了不知多少次向往的如天堂般的县城里，心里别提有多么高兴，梦中好像还睡在了母亲为我编的竹席上……

我高中毕业后没有考上大学，在我为之失落而迷茫时，准备去广东打工。母亲却再三地劝阻，要我跟她学编竹席。虽然我有一百个不愿意，但在母亲苦口婆心的劝说下，还是留下来跟母亲学编竹席了。这时，我发现自己虽然落榜，但在母亲的身边一天一天感受到了家庭的温暖，感受到母亲的勤劳和善良，更感受到母亲每编好一张竹席后欢乐的心情，渐渐地走出了心灵的阴影。不久，一位在镇中学教书的老师，来我家要为她那即将出嫁的女儿买一张竹席，她发出了深深的感叹：这个念过高中的孩子，在家学打席子，简直误了人家一辈子嘛！他劝我妈一定让我再复读一年，说不定来年就是一个大学生了。

第二学期开学，我又去到县城的学校复习了。临走时母亲再三叮嘱："孩子，不要有心理压力，能考上就考，不能考上大学，回来再跟娘一起编竹席哟！"我听着母亲的话，不知是想笑，还是想哭，别人哪个当爹娘的，不是教孩子要努力读书，争取考上大学。但我也因此懂得母亲的用心，也为我有这么一位实实在在的母亲而欣慰。

我复读一年后，终于考上大学而改变了我的命运，全家人为此感到高兴。我去上学时，母亲亲手给我编了一张更

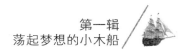

加精细的竹席，我却说这次真的不要了，这次是去省城上大学，听说大学里啥都有，母亲也似乎明白，也就没再强求我带去。

我真正睡到母亲亲手编的竹席，是我在回到县城工作多年后，我买了新房，添置了家具，虽说母亲已年过花甲，但她还是细心为我编了张竹席，每到夏天我就把床垫换下来，放上母亲编的竹席。仿佛又让我回到那个充满母爱的孩提时代，回到对母亲编的竹席的梦寐以求中，这时睡在母亲编的竹席上，仿佛每个夏天都变得那么温馨和凉爽。

如今，年迈的母亲仍住在乡下，由于她眼睛不太好，行动也不太方便，就再也没有编竹席了。前不久，我回了一次老家，正值天热的夏天，我突然发现母亲的床上没有竹席，却是垫着毛毯，我问母亲："这么热的天，怎么不换成竹席呢？"母亲说："我已经习惯垫这个了！"

这时，我才恍然大悟，编了一辈子竹席的母亲却没睡过她自己编的竹席。我赶忙上街去给母亲买一张竹席回来换上，第二天早上母亲说："竹席睡起来就是凉爽，难怪我以前编的竹席那么好卖呀！"

小镇剃头匠

在我的记忆中，镇上那个剃头匠王聋子穿得破旧，时常身上都穿一件早已褪色的旧中山服，脚上总是那双烂黄胶鞋，几乎每天都一个样，也似乎几十年如一日。但王聋子在镇上也算是一个"名人"，不管是大人或者小孩都认得他，凡说起剃头匠王聋子，哪个都好像比了解自己还要了解王聋子。

因为王聋子每天都开门摆摊剃头，这样就方便乡下人在他那儿落脚，有时在他那儿坐坐，有时也放个背篼、箩筐什么的，他总是热情相待，从不说个不字，深得乡下人的好感。虽然王聋子耳聋，但他能从别人张嘴闭嘴时判断出在说什么，还像正常人一样说着话呢。赶集的人来时他总是打声招呼，走时总是叮嘱千万别忘拿东西。

我爷爷就是这样认识王聋子的，也就因为这样才和王聋子有了一定的交情，说交情也没什么借钱借米的事，只是每个赶集天赶集时，爷爷就在王聋子的铺子里落落脚，放放东西，没事时进铺子里坐坐。从爷爷到我，头几乎都在王聋子这儿剃。

小时候，我最怕王聋子剃头。因为不管我愿不愿意，他总是三两下下来，我就变成了一个"小和尚"了，不是他不会剃别的头型，他好像觉得我爷爷也是这样剃的，或者是他好像与我爷爷有某种默契，不用说就这样剃成了我爷爷想要给我剃的光头。剃好后我少不了也要骂他几句，可他总是笑笑说："小娃儿剃光头，好洗又凉快嘛！"

在那时，镇上别的剃头摊上冷冷清清，而他的剃头铺里却人来人往，谈笑风生，等着要剃头的也一个接一个。那时的王聋子这个剃头手艺，不知有多少人为之羡慕，也不知有多少人缠着要学，可他就是不教。爷爷也常对我说："长大去跟王聋子学剃头吧，别人说他肯定不教，如果你去学，他肯定要教的。"

其实，王聋子剃头也并不是不讲人情，也不是他耳朵聋就不明白事理。在我上初中后，我更害怕去王聋子那儿剃头，怕他再给我剃成光头，可爷爷硬要我去，最终没犟得过，还是去了。这次他三两下剃了后，我一摸却吃惊，头上居然还有头发，并不是像以前一样给我剃的光头呀，再通过镜子一照，给我剃了一个好看的平头，这次我没有骂王聋子了，而且还从心底感激他呢！

后来，我不管是在外地上学或工作，每次回老家时，也许是对故乡的思念，或是对小时候记忆的追寻，回老家之前，总不去理发店理发，而是专门留着回家去小镇上王聋子那儿剃，这时王聋子虽说已60多岁了，但他剃头时动作还是一样的利落而快速，三两下就完了，在理发的过程中，让我感到一种亲切。

有一次，我回老家，在小镇下车后就去王聋子的剃头铺，却怎么找也找不着了，那条街似乎完全消失了。而变成了一片正在建设的工地，我愣住了，经打听才知道，这

条老街和王聋子的剃头铺一起被拆了，王聋子也为这事气病了，被在外地做生意发了财的儿子接去养病。

　　前不久，我再一次回老家，一下车就看见在车站外不远处，王聋子用一张椅子和一条凳子就摆成了一个剃头摊，旁边正烧着一个煤炉子，正在给一个老人剃头，我也走过去，由于他是聋子，无法用语言交流，只能也让他给我剃头。这一次，他不知是老了还是想给我剃好点，剃了很久，剃好后还对我的头左看右看，一次一次地为我剪弄。从他那轻轻地抚弄中，我的心中总有一种甜甜的、十分亲切的感觉。

　　小时候我最怕王聋子给我剃头，如今我最想让王聋子给我剃头，因为能从他那儿能让我感受到一种浓浓的故乡情……

初　春

当人们还停留在丝丝寒意中时，初春就悄悄地来了。

在那不经意间，初春就像一个顽皮的小家伙，从日历表上欢快地"蹦"了出来，让人们眼前一亮，心底里一下子就变得热乎乎的，脸颊顿时变得红红的，梦境中充满着无尽的向往，眉宇间流露出无限的喜悦，高兴地说一声"啊，又是春天了！"

北宋诗人秦观在《春日》诗中写道："一夕轻雷落万丝，霁光浮瓦碧参差。有情芍药含春泪，无力蔷薇卧晓枝。"于是，初春便被一场细细的小雨，浸润得有滋有味，描绘得有色有声。瞧，那雨后的庭院，在晨雾笼罩中，也充满着春的灵气；那静卧的蔷薇，在白雾清露中，也满含春的柔情，变得娇艳妩媚。

初春，就这样存放在人们的心底里，萌芽在人们的想象中。人们在相互的问候中，每一句话里都充满着春天的气息；每一个微笑中，都绽放着春天的美丽。那院前光秃秃的树梢上，嫩嫩的新芽似乎正在一个劲地往上冒；解冻的河面上，似乎又飘荡起淳朴而浑厚的歌声；一条条弯曲的小道上，又开始晃动着奔忙的身影……

这时的初春，在人们时下匆忙的脚步中，在人们播种时

满含希望的笑容里，在人们出门时充满梦想的目光中。变得羞怯又腼腆，变得抽象又具体，变得含蓄又深沉，变得清新又缠绵。老人坐在宽宽的院坝里，在暖暖的阳光下，晾晒着一冬的微笑；年轻人却下到地里，播撒希望与梦想；正在青春萌动的少男少女，跑去小河边或者山野上，追寻阳光般如醉如痴的梦幻！

在这初春里，爽朗的笑声，欢快的歌声，播撒种子的声音，总在山上山下，田块地埂间回荡，似乎是在奏响一首春天的交响乐。缭绕山涧的白雾，也笑成了一缕白絮；那绕小山村流过的小溪，也一改往日的沉默，而唱起了"泉水叮咚，泉水叮咚，泉水叮咚响……"的歌儿；一片片沉寂了一冬的原野，也在农人锄头的挥舞中，吟诵着比诗还美，比诗还深刻的"春种一粒粟，秋收万颗子"的农谚；躲在林间的小鸟，也在用另一种更加形象、更加含蓄的语言，吟咏着"春眠不觉晓，处处闻啼鸟"或者"春水初生乳燕飞，黄蜂小尾扑花归"的诗句。

沉睡了一冬的水田里，农人打着牛走过，一行行散发着泥土味的诗句，就从初春那美好的意境里，飘了出来；弯曲缠绵的乡间小道上，恋人相依相偎，踏青的脚步，在初春那浓浓的气息里，构成浪漫的风景；村口那一条清澈透明的小河边，女人们用爽朗的笑声，将初春描绘得淋漓尽致；小桥流水旁，那古道芳草边，那宽阔平坦的公路上，那高楼林立的闹市里，都无不留下初春的问候语，留下初春的脚步声……

啊，初春，让梦境变得美丽，让希望变得殷实！

第二辑

麦子喂养的村庄

麦子喂养的村庄，总是那么富饶而温馨；村庄里生长的麦子，总是那么朴实而善良；山里人一样的麦子，不管在肥沃或者贫瘠的土壤里，还是在霜雪的覆盖下的严冬，或是在暖暖的春阳下，总是以一种乐观向上的品质，以自强不息的精神，用纯朴的生命的"本色"，将村庄点缀得生机盎然、有色有声；用不掺杂水分与杂质的勤劳与朴实，将山里人丰盈充实的日子一代一代地延续……

麦子喂养的村庄

　　麦子喂养的村庄，总在丰盈充实的日子里摇曳；麦子点缀的村庄，总是显现出生机蓬勃。

　　深秋时节，经过了一个悠闲季节的山里人，这时也像沉寂了好长时间的麦子一样，开始"春心"萌动，播下对来年的期盼。于是，他们走到山坡上，用欢歌笑语点缀着村庄，用关于麦子的话题丰富着热闹而繁忙的深秋。"你家的麦子怎么收藏得这么好？白白胖胖的，真像一个大闺女呀！""麦子麦子，就是自家的孩子，它会因你而充满灵气！"一时间，麦子就在他们的谈话中像一个待出嫁的姑娘，变得有些害羞起来。

　　山坡上就因播种麦子而变得热闹起来，挖土锄头的响声，伴随着山里人欢快的说笑声，从山顶上传来，这山传那山，山山相连，犹如秋雨般地洒满整个村庄，洒向整个大地。播种的手最能感受到麦子的亲切，在麦子轻轻地从指间滑落的瞬间，似乎才真正感受到麦子在心目中的分量，一粒麦子或许就是一个生命的诞生，一粒麦子就能孕育出无数的希望。

　　在麦子播下后，或许就会下雪，厚厚的白雪覆盖着麦地，而麦子就会在土壤里发芽、生根，不管土地肥沃与贫瘠，不管严寒或霜冻，都一个劲地生长。树上的那些树叶随风飘落，只留下光秃秃的枝条时，土地里的麦子便长出青青的麦苗来，将山上山下，漫山遍野地点缀起来，这时的村庄，便因青青的麦苗而充满生机。山里人没事时也去麦地里锄锄草，让麦子不因杂草的侵入而误入"歧途"，山里人精心呵护麦子，麦子便越长越高越壮实越嫩绿。

开春后，山坡上的野花竞相开放，麦子依旧保持着它那朴素的性格，以它青青的麦苗陪衬着娇艳的花朵，让春天的大花园里多一些纯朴的生命的"本色"。山里人似乎不为花朵感动，而是为土里的青青的麦苗而惊喜。

在三月那暖暖的阳光下，在布谷鸟的"布谷——布谷"叫声中，麦子成熟了，金黄金黄的麦子在微风中摇晃着，晃得山里人的心开始躁动起来。于是，在那一声声粗犷的"割麦啦——割麦啦——"的吆喝声中，沉甸甸的麦秆便在手中滑落，饱满的麦粒从欢笑声中滚出，经过一冬的期盼，沉寂了一冬的等待，山里人便像麦子一样晒在太阳下，享受着和谐与宁静。他们在去除水分与杂质之后，挑最好的麦子做种子，像希望一样珍藏在梦境中。然后便将麦子磨成面粉，细细品尝，像细细品味着丰盈而充实的日子。

麦子喂养的村庄，总是那么富饶而温馨；村庄里生长的麦子，总是那么朴实；山里人一样的麦子，不管在肥沃或者贫瘠的土壤里，还是在霜雪的覆盖下的严冬，或是在暖暖的春阳下，总是以一种乐观向上的品质，以自强不息的精神，用纯朴的生命的本色，将村庄点缀得生机盎然、有色有声；用不掺杂水分与杂质的勤劳与朴实，将山里人丰盈充实的日子一代一代地延续……

啊，村庄，因麦子而美丽；麦子，因村庄而充满灵气！

油菜花开映农家

又是油菜花开的时节，乡下二叔家的农家乐开业了。我匆匆地向二叔家赶去，想必二叔家正被金灿灿的油菜花映照着，被馥郁芬芳的油菜花香渲染着。

记得小时候，住在镇上的我最爱去的就是乡下的二叔家了。虽然二叔家并不富裕，只有几间十分破旧的穿斗房，比起我们那在小镇上的家差多了。每到阳春三月，二叔家外的那一大片地里的油菜花开了，金灿灿的，十分迷人，引来无数蜜蜂嗡嗡的叫，将二叔的小院装点得格外的美丽。

二叔家也有两个跟我差不多大的堂弟，每次我到他家里时，他俩总是带着我和一群男孩女孩在油菜花地里玩耍，两两成双成对，男孩掐一枝油菜花插在女孩的头上，女孩掐一枝桃花挂在男孩的胸前，装扮成新娘新郎，在一群孩子的簇拥下进入洞房，柳哨做唢呐，油菜花瓣在新人身上撒落，那天真无邪的少年时代，如今想来，真是其乐无穷。

不知二叔家的两个儿子和两个女儿，是自己不愿意上学，还是二叔不让他们上学，几乎在初中毕业后，都先后去广东打工了。后来，二叔家就开始修房子，把原先的几间十分破旧的穿斗房，修成了漂亮的砖瓦房，那时在他们村里能有这几间砖瓦房，真不知让多少人羡慕。也是在阳春三月，

42

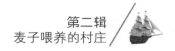

我去到二叔家时，看到另一番景象，几间新修的砖瓦房，在黄灿灿的油菜花的掩映中，显得特别的温馨美丽。

清晨我起床后，就沿着二叔家门前的那条乡间的小道走去，一直走进了油菜花丛中，呼吸着清新的空气，聆听着婉转的鸟鸣，感受着大自然的风情，那浓浓的油菜花香直冲鼻孔，直进胸怀，沁人心脾；心中那美丽的梦想和向往也随之萌动，就像这油菜花般的美丽迷人，点缀着我快乐幸福的童年。难怪二叔看到他这几间新修的砖瓦房，心底里的高兴似乎永远散不去，还逢人便说："能修这几间砖瓦房，全靠我那在广东打工的儿女哟！"

后来，在新农村建设中，一条通往镇上的乡村公路，正好从二叔家的院落边经过，这给二叔家带了前所未有的发展的机遇。在外打工多年的堂弟俩合作买了一辆汽车搞运输，让二叔家在富裕的路上又迈了一大步。前年，堂弟俩把还没修几年的，还是崭新的，还在让二叔高兴着、自豪着的砖瓦房，推倒后又盖起了小洋楼。开春后，我又去到二叔家，仿佛让我置身于仙境一般，站在那新盖的高高的楼房的阳台上，放眼望去，便是一大片金黄色的菜花田。黄花绿叶的油菜顶着的露珠，洁白晶莹，在叶面上滚落，在花蕊上跳跃，像一颗颗璀璨的明珠。在暖暖的阳光的映照下，整片菜花田金光四射，飘浮着醉人的芳香。

去年，堂弟俩又出人意料地把经营得好好的汽车卖了，承包了他家门前的那片土地，说是种油菜，这可让乡亲们不理解，更把二叔气得大病一场。都说他哥俩是不是有毛病，放下这么能挣钱的运输不做，种什么油菜呢？不久，他们请人把这片承包来的土地种上了油菜，还利用自家离场镇近又

在公路边的优势，准备开一家农家乐。

　　今天，当我来到二叔家时，已是二叔家的农家乐开业，不知是二叔和堂弟的人缘好，还是因为门前那片盛开着的美丽的油菜花的吸引，前来观赏和祝贺的客人把二叔家的农家乐挤得满满的，客人们一边观赏油菜花的美丽，一边品尝着乡村的风味。此时，我看着忙来忙去的堂弟，看着不知是高兴还是担心的二叔，看着脸上挂着微笑，心里荡漾着快乐的人们，心里也跟他们一样地高兴起来。

　　我看到了二叔家的日子，就像他家门前的那一大片油菜花那样越开越香，越开越美！

老　家

虽然我离开老家多年，但我常常会想起老家。

在我的记忆中，那只有几间穿斗房的老家，总是在绿树掩映中，一年四季都开着芳香的花朵；在鸟儿的歌唱声中，一天到晚都充满着欢乐；在爷爷忙碌的背影里，老家似乎变得格外繁忙而琐碎。

每天早上，爷爷一声又一声地吆喝："大娃子起来去割草，二娃子起来去放牛……"使老家开始了忙碌的一天。一家人去坡上挖土时，似乎就是用老家那腌制咸菜般浓浓的意境，在土里描绘着种瓜得瓜，种豆得豆的美丽图案；下地播种时，似乎就是用老家那收藏了一冬的种子般的梦想，播撒着春种秋收，春华秋实如山的期望……当奶奶那早早起床做饭时的炊烟悄悄地飘出老屋，飘去了山涧的时候，初升的太阳光照亮了老屋，照亮了留在我心底的关于老家的甜蜜而美好的记忆。

记得小时候，老家似乎就是我玩耍的乐园，顽皮的我常用木炭在木板墙上乱写乱画，爷爷看见了，总要骂我几句。有时，我还用小刀在木柱子上刻画，这更让爷爷生气，他就用小竹板打我的手心，我痛得直咬牙，我想：爷爷爱这老屋肯定胜过爱我吧！

　　在开春后，老家总是被诱人的春光点缀着，更被美丽的花朵映衬着，除了房前屋后到处是翻飞的蝴蝶外，房顶上有许多鸟儿叽叽喳喳地叫着，欢快地飞着，在房顶上的瓦楞里筑窝，我便约几个小伙伴，在爷爷与父母外出干活时，悄悄地搭上梯子爬上房顶，把瓦推开，掏小鸟，取鸟蛋。

　　在爷爷回来时，发现好好的房子上怎么到处是洞，就明白是我干的，可我早已躲在屋外的竹林里，爷爷便把欲发的火，变为了寻找我时着急的心情，四处找我，边找边喊，最后还是爷爷被找着了，他一下子把我抱在怀里，什么话也没说，但我能感觉到那紧紧抱着我的双手的温暖……

　　后来，我长大离开了老家，老家又是漂泊在外的我心底的一团火苗，常常点燃我对老家的无尽的深深的思念，老家门前那飘舞的柳絮，似乎还承载着我那如醉如痴的梦想；夏天那清香的薄荷，嫩绿的水草，五彩缤纷的小花，让我无时不产生对秋天成熟的渴望；特别是老家门前的那条小河，一群小鱼儿在清澈透明的水中游来游去，我常常蹲在水边，将手指粘满饭粒放在水里，喂养着我欢乐而顽皮的童年。

　　如今，已在城里生活了多年的我，终于在城里有了一个新家，虽然新家是高楼大厦，新家里有新的家具，更有新的欢乐与梦想……但新家仍有许多从老家延续下来的故事。比如：每天早上，天还没大亮时，母亲早早地起床，做饭和拖地的声音，似乎又让我想起老家的奶奶做饭时的情景，母亲的背影似乎与奶奶的身影重叠在一起，是那样的朴实而高大！

　　有时，住在城里的母亲，常常说起老家，说起老家的一些人和一些事，说起老家的那些欢乐的日子与温馨的记忆，

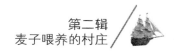

说起老家那些因丰收而充满的欢笑，说起老家因红白喜事而变得热闹的场景……新家似乎也跟母亲一样，为老家的高兴而高兴，更为老家的欢笑而欢笑。

由此，在一个周末，我陪母亲回到老家，迎面看见的却只有一片婆娑的树影，已经去世多年的爷爷和奶奶，似乎仍在我的眼前晃动，记忆就像一张光盘般轻轻地旋转。

此时的老家，似乎就是我儿时玩伴的一声问候，就是响在我耳畔的一句纯朴的乡音，就是我永远也割舍不断的浓浓的乡情！

故乡的山路

在我的记忆中，故乡被山路串联着、点缀着。

这条山路，多半是用石板铺成的，山路上那被踩得光溜溜的石板，似乎是一位饱经沧桑的老人，还在述说着当年的历史。就是这条山路，它承载着山里人的油盐柴米，紧系着山里人的悲欢离合，它那弯曲绵长的形状，如同一条彩虹，映照着山里人的欢乐与喜悦。

每个赶集天，这条山路上就显得特别的热闹，担箩筐的大爷，背背篼的大婶，赶着驮马的大哥，活蹦乱跳的小孩……都高高兴兴地沿着这条山路，连成一根线似的向镇上拥去，一路上有说有笑，那爽朗的笑声伴随着驮马的"叮当"声，在山里山外回荡着……

谁如果要出一次远门，不管舍不舍得离开家乡，只要一踏上这条山路，就像听见一个粗犷而豪放的犹如父亲的声音沿着山路传来："孩子，放心地去吧，能在外面闯出一片天地来，才算一条真正的汉子呢！"一种无形的力量就从脚底涌遍全身，似乎这条山路就是一根连接故乡的线，不管走远，将来成就多大，都将紧紧地把它系在对故乡的思念里。

如果有谁在外面失意而归，只要走上这条山路，似乎就能感受到故乡的亲切，就能听见故乡母亲的呼唤："孩子，回来吧，这里永远是你温馨的家！"那从田野里吹拂着的轻风，如一双双亲切而温暖的手，为他拂去失意的泪水；那风中夹杂着的稻子的馨香，就能喂养他那饥渴的宝贝……因为这条山路是从来不分贫穷和富有的。

谁家的闺女出嫁，也要坐上大花桥，吹吹打打，热热闹闹地从这条山路上走出去；谁家娶儿媳妇，也要沿着这条山路，吹吹打打，热热闹闹地迎进来。于是，四面八方的乡亲们，都要去喝喜酒，都要带去自心底的赞叹声，更要带去真诚的祝福……

谁家有个大小事，山里人都纷纷沿着这条山路走出，不分远近，不分村里村外，只要是山路连接的地方。若老人孩子病了，山里人就抬着或背着向医院跑去，从未因为路途遥远而延误治疗。仿佛在这时，这条山路再长也会变短，离镇上10多千米的路转眼间就到了；谁家做生满十，或是有人在镇上买上酒菜从这山路上走回去时，山路似乎在山里人那高兴的说笑中，充满着高兴的神情，仿佛在太阳光的映照下，山路笑了，笑得跟山里人一样开心，因为这条山路在山里人的心目中，似乎有了灵性。

山路还有一个特点，就是人人平等，不管是县上的或镇里的领导下村来，坐的小车如何高档，也只能从这山路上一步一步地走去。山路不欢迎特权，承受不了奢侈，却能容纳平等、纯朴、善良、真诚。不管是富有或是贫穷，山路都一视同仁，从不丢弃任何一个穷人，更不会去讨好任何一个富人，这也是山里人特有的性格的体现。

如今，在新农村建设中，公路通到山里人的家门口，山里人赶集或出门时，来去都是坐车，这条山路，似乎就在汽车的奔跑中，在山里人那日新月异的变化里，渐渐地被遗忘

了。被遗忘了的山路，如一个饱经沧桑的老人以十分平和的心态徜徉在美好的回忆之中……

然而，这条似乎被山里人遗忘了的山路，却成了城里人每天散步的地方。每天早上或者下午，城里人三三两两，或成群结伴地沿着这条山路走去，一路上可以尽情地享受美丽的阳光，可以享受那田园的美景，可以寻找到远离都市的那份悠闲与恬静……

由此，故乡的山路不再是承载着山里人油盐柴米，而是在传承着一种山里人的传统美德！

五月枇杷熟

家乡的枇杷熟了，我匆匆地赶回去参加首届枇杷节。

五月的家乡更是阳光灿烂，生机盎然，青青禾苗映绿了整个山村，金黄的麦浪点缀着田野，成熟的枇杷飘浮着淡淡的馨香。那黄灿灿、毛茸茸，亮丽在枝头、隐藏在绿叶丛中的枇杷，一串串地串成了五月最生动的画面；一颗颗地晶莹了山村最美好的希望。

当我驱车回到家乡时，这里已是车水马龙，人来人往，热闹非凡。前来观光旅游的人们穿行在成片的枇杷林中，时不时采摘一些丰满的，浆汁饱胀的，还带着湿气的枇杷，仿佛是少女勃动的心跳。那金黄的枇杷，似乎是由金黄色的阳光凝结而成，让人望着它就有想摘来品尝的冲动。

这时，我看见一位穿着时髦，举止得体，充满着山水般灵气的女人，用十分地道的声音，应对自如地向来人们介绍着这里的枇杷。她说："枇杷秋萌、冬花、春实、夏熟，备四时之气，被誉为果中珍品，果实一般五月成熟。枇杷终年常绿，树姿优美，富有园林情趣，是绿化美化环境的理想树种……"这时，我发现她就是小时候常与我玩的阿姑，经打听才知道：她就是这个"枇杷联营公司"的董事长。

记得我家的屋后也有几株枇杷，每当五月枇杷成熟时，

51

黄黄的枇杷压弯了枝头。尽管这么多引诱人的枇杷，但却不是让我们吃的，那几株枇杷成了我家的"摇钱树"。爷爷似乎不离脚地守着这让人羡慕，也让人妒忌的，而且人见人爱的枇杷树，赶集时就摘了去街上卖，以换得一些油盐什么的。那时很小的经常和我一起玩的阿姑，也想吃我家的枇杷，我只能背着爷爷，偷偷地摘给她了几颗。她吃着我家的枇杷，脸上露出了甜甜的微笑。

这事被爷爷知道了——他自己平时从来都舍不得吃一颗，当然非常生气，拿着竹条子就打我。阿姑知道了我因摘枇杷给她吃挨了打，就很少来我家玩了。这事不知是我觉得愧对她，还是她觉得愧对我，总之，以后很少见到阿姑的身影，尤其是枇杷成熟的时节。我也在心里暗暗责怪爷爷小气呢。

随着我家的经济条件渐渐好了，不再把枇杷当成"摇钱树"了，但却成了"稀世珍果"。每当在枇杷成熟时，爷爷总要把枇杷摘下来，分给乡亲们品尝，说道："今年的雨水好，枇杷好甜哟！"乡亲们一边吃着枇杷，一边回答说："就是，就是！"这时爷爷的脸上露出了开心的笑容。我这才发现，爷爷原来不是一个小气的人！只可惜，这时的阿姑，初中毕业后，便去广州打工了，再也没有品尝到我家的枇杷。

阿姑去了广州后，从一个打工的做起，后来当了管理人员，在外面发展得不错。再后来回乡创业，与10多家农户一起，开发了一个枇杷栽培基地，成立了"枇杷联营公司"，她任董事长。此时，我看见她正在枇杷栽培基地里穿行，向游人和参观者介绍着枇杷，讲解着今后的一个个发展规划。

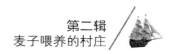

她说："我们这里种的是长江3号，红肉种。果实呈卵圆形或洋梨形，单果重45克，最大果重80克。果皮橙黄色，易剥离。果肉淡橙红色，肉质致密，甜酸适度，汁液较多，含可溶性固形物10%。每果种子2.9粒，品质上等，再加上本地的空气好、水好、土好，所以枇杷才更受消费者青睐哟！"

要说阿姑是家乡的新型农民的代表，枇杷就是家乡一抹最耀眼的色彩。在这枇杷成熟了的五月，在这里举行了首届枇杷节。我那年迈的爷爷也是股东之一，在枇杷节上，他十分自豪地说："以前枇杷是我家的'摇钱树'，现在枇杷又是我们村的'摇钱树'！"昔日这个最偏远而闭塞的山村，今日因枇杷变得格外热闹，昔日只知道在田里栽秧子收谷子的山里人，却在家门口开起了小商店、小饭馆，办起了农家乐……

五月的家乡枇杷熟了，熟成了游人们醉人的微笑，熟成了山里人充满欢乐和温馨的日子！

故乡月

故乡的月亮，最大最圆也最亮。

这是每一个漂泊在外的人心中共同的感慨，因为每一个人不管去了哪里，去到多远的地方，总要想起故乡那轮明月，还有在月下那像被露珠浸泡过的宁静村庄，月下那像被涂上一层美丽色彩的涓涓流淌的小河。

我记得故乡的月，是从我家门前的那座山上升起来的，特别是在夏夜里最为明显，因为夏天热得在屋里无法入睡，爷爷便扯来凉席，往院坝里一铺，一边摇着手中的蒲扇，一边给我们讲故事。讲那让我们百听不厌的"桃园结义、唐僧取经、武松打虎……"仿佛这小小的山村，就在爷爷的故事中变得格外的神奇而辽阔；这静静的夏夜，就在爷爷的故事里变得海阔天空。

最让我难忘的是初秋之夜，月亮悄悄地从山那边爬上来，挂在树梢上，在夜幕渐渐地降临时，便更加皎洁而明净起来，凉爽的晚风轻轻地吹来，多少有几分凉意。因为爷爷有些怕冷，不再来院坝里乘凉了，这下就成了我们小孩的天下了，一会儿跑去院前的那小河边，去看水中的月亮，似乎比天上的月亮还好看；一会儿跑去那草垛边捉迷藏，仿佛在月光照不到的地方，小伙伴就找不到一样，一会儿跑出来一个个哈哈大笑，月亮也笑了。随后，我们拍着小手唱着爷爷教我们的儿歌："月光光，挂树梢，大人笑，小孩跳……"

于是，那清纯的月光下爆出我们一阵阵天真快乐的笑声，仿佛就是我们那快乐无比的童年给月光融入了欢乐无比的色彩。

一晃我就长大了，故乡那月，依然映透着我许多关于童年的美好的记忆，照亮着我许多人生的梦想。不知多少个月明星稀的夜晚，我独坐陋室，如痴如醉地游历于文字间，像儿时游历于爷爷的故事中一般，小小的陋室，似乎也在无尽的守望中海阔天空起来，窗外的月光也似乎更加的美丽而让人陶醉。

如今，我为了生计而四处漂泊，不知在多少个孤独的夜里，我总是仰视着天空中那轮明月，仿佛觉得天上有很多个不同的月亮。有时，觉得它朦朦胧胧的，就像苏轼的《水调歌头》中写的那个月亮："明月几时有，把酒问青天。不知天上宫阙，今夕是何年。"有时，觉得它凄凄惨惨的，更像《红楼梦》中贾府在中秋赏月的那个月亮："趁着这明月清风，天空地净，真令人烦心顿解，都肃然危坐，默默相赏。猛不防只听那桂树上，呜呜咽咽……"有时觉得天上还有一个月亮，多少让我感到"独在异乡为异客，每逢佳节倍思亲"的孤独与寂寞……

其实，天上的月亮只有一个，人走的地方多了，在经历过各种各样酸甜苦辣之后，便将情感融入对故乡的思念之中，那融入情感的月亮在心中也就有了无数个。真是："床前明月光，疑是地上霜。举头望明月，低头思故乡。"

由此，常常漂泊在外的我，思乡的感情深了，月才是故乡的最大最圆也最亮！

雨　靴

　　虽然，我好久没穿雨靴了，但对雨靴仍有难以割舍之情。

　　小时候，在那个物资匮乏的年代，生在农村的我，因为没有雨靴穿，每到冬天，天晴还可以穿母亲做的布鞋去上学，可一到下雨天，就只能光着脚去上学了。尤其在下雪天，天上飘着雪花，而我一路上光着脚踩得路面上的雪"嚓，嚓"作响，脚被冻得通红通红的，全身也冷得发抖，还得一个劲地往学校走，因为只有到了学校才能把脚洗了穿上母亲做的布鞋。

　　记得在一个打着白头霜的早晨，因为路上的雪刚融化，有的也结了冰，去上学的我只能脱下布鞋光着脚走，也许是因为石板路上有冰很滑，或者是因为脚被冻麻木了，在快到学校时，一下就摔在了路边的水田里，全身的棉衣棉裤都湿透了，我赶忙从水田里爬起来，又慢慢地走回家去，母亲一见我这样子，伤心地哭了起来，她说："就是今天把过年猪卖了，也要给你买一双雨靴。"

　　在我们班上，也只有两个同学有雨靴，一是有个女同学有雨靴，是她那在化工厂工作的叔叔厂里发来上班穿的，他叔却拿回来让她上学穿。另外是有一个男同学有雨靴，是他那个在煤矿工作的爸给他买的。其他的同学跟我一样，都只能光着脚上学。那时，要是谁能穿上雨靴上学，不知得让多少人羡慕呀。而那时的雨靴，也更是让饱经寒冷的我梦寐以求。

不久，我母亲真的把家里不太肥壮的，准备杀来过年的肥猪卖给了镇上的食品站，走遍了四面八方的街镇，都没有买到雨靴。后来，我父亲托一个在城里工作的老表才买到了一双，可不是雨靴，而是上面没有统的那种半胶鞋，但还是让我父母高兴万分，我更是如获至宝。从此，我就穿着这双半胶鞋去上学，感到舒适又温暖，不再受冻了，也同样让同学们羡慕。

真正拥有梦寐以求的雨靴，是我在镇上读初中时，我母亲终于给我买到了一双雨靴。那是一双厚厚的，黑色的，穿起来十分舒适的雨靴。虽然从家里到镇上有10千米左右，要走两个多小时，但有了这双雨靴，就不管是下雨或是下雪，似乎就不怕冻，不怕滑，再不好走的路在我的脚下也一样平坦……

后来，雨靴到处都能买到了，不管是小孩雨天上学，还是大人们雨天下地或赶集，都是穿着雨靴，雨靴也真正地走进了人们的生活中，成为人们必不可少的日用品。雨靴，似乎与下地干活的人们为伍，更是与上学的孩子为伴，描绘出快乐温馨的劳动场景，点缀着幸福美好的童年梦想，抒写出多少幸福浪漫的人生诗行！

好多年过去了，在县城工作的我，每次回老家时，也离不开雨靴。每当下雨天要回乡下老家，一出门就得把雨靴换上，因为从县城乘车到镇上后，就得沿着那弯弯曲曲的山路走，路上往往是又黏又滑的泥水，尽管一路上十分难走，但

因为穿上雨靴，仿佛这回乡下老家的路走得很踏实很温暖。

去年，老家修通了一条通往镇上的宽阔平坦的乡村公路，这样方便了乡下人出门或赶集，更是方便了我回乡下的老家。每次我要回老家，就不管是天晴或是下雨，只要叫上一辆出租车，半个小时就到老家了。在乡下，乡下人不管是出门或赶集，也很少有人再穿雨靴了，因为新农村建设，农村的路修成了柏油路，一出门就乘车，也不管是晴天或是雨天，都干干净净的一身去，也干干净净的一身回来。雨靴，似乎就渐渐地被人们遗忘了。

前不久，当我把那双曾经沾满童年的梦想，沾满故乡泥土的雨靴扔进垃圾箱时，仿佛看见那双雨靴正睁着一双明亮的眼睛，还在诉说着那段沉甸甸的往事……

故乡的酒香

在故乡，浓浓的酒香就像美丽的阳光一样，照耀着山里人平平常常的日子。

虽然故乡不产"茅台酒"，也不产"五粮液"，但家家户户似乎都能用五谷杂粮来酿造白酒，白酒的烈性似乎铸就了一代又一代山里人的性格。由此，不管是逢年过节，或是平常日子，每家每户都装着几大坛子酒，山里人也似乎个个都能喝，浓浓的酒香就跟稻子的飘香一样迷人。

在故乡，不管是游走乡间的手艺人，还是在田里干农活的汉子，不管是背脊弯成弓犁的老人，还是年轻体壮的小伙儿，他们似乎都与酒有缘，仿佛是酒的烈性，铸就了他们粗犷豪爽的性格，是用五谷杂粮酿出的酒的清醇，熏陶了他们的憨厚朴实。

不管哪家请个匠人盖房子编箩筐，或打灶修个猪圈什么的，第一是得准备好酒，似乎有了酒才能显示出主人的热情。在手艺人忙了一天收工后的晚上，主人便弄出一桌子好菜，再加上一壶好酒，便一边喝酒一边聊天，常常是手艺人不着边际地说话，在这酒的浸泡中，最能生出许多故事来，即使是伤感的，或者是悲壮的，也都飘出酒一样浓浓的香，也都能变得浪漫起来。

那些种庄稼的山里人，似乎与酒更有不解之缘。在开春后播种时，总得喝上一大碗酒，因为只有酒才能为那刚播下的梦想而喝彩。在种子播下后，山里人总是对收获充满了希望。于是，不知在多少个不眠的夜晚，他们在那明净如水的月光下，看着田野里已经拔了节的秧苗，或者抽了穗的稻子，似乎只有酒才能描绘出他心中对秋天的渴望。当秋天来临了，田野里的稻子飘溢出浓浓的稻香，这时，他们又忘不了喝下一大碗酒，为度过这长长的期盼和漫长的等待，而迎来的又一个收获的秋天而吹奏歌唱……

谁如果要出一次远门，不管是要去到多远或多近的地方，山里人总是用酒给他送行，不管舍不舍得离开家乡，只要他喝下一大碗亲人端来的烈性酒，就像获得了一种勇气，拥有了一种力量；如果有谁在外面失意而归，只要走进村口便会闻着一股浓浓的酒香，似乎就是这酒的香味，让他感受到故乡的亲切，听见故乡母亲的呼唤："孩子，回来吧，这里永远是你温馨的家！"那从田野里吹拂着的轻风，如一双双亲切而温暖的手，为他拂去失意的泪水；那风中夹杂着的稻子的馨香，就能慰藉他那饥渴的心灵……

谁家闺女出嫁或娶儿媳妇，也要请乡亲们去喝喜酒；谁家做生满十，也要请乡亲们去喝酒；谁家的儿子考上大学，也要请乡邻长辈去喝酒祝贺……这时的酒，似乎充溢着一种真诚与祝福，更是飘荡着一种善良与朴实的幽香。一碗碗烈性酒，在他们粗犷而洪亮的说话声中，或者在那一声声来自心底的笑声和祝福声里，似乎像田野里的稻香一样，在山里山外飘浮，点缀着他们的欢乐与梦想！

在故乡，粗犷豪爽的山里人，喝的是烈性酒，山上飘

浮的是烈性酒味，田野里生长着的也是烈性酒香……因为在他们的心目中，不烈性就不叫酒了，不用大碗装的酒喝下的也不叫酒，是酒铸就了一代又一代山里人豪爽的性格。但他们就像这用五谷杂粮酿出的酒一样，虽然烈性得粗犷豪爽，但一样的憨厚朴实，他们多半让自己醉而不让别人醉，即使喝醉了，不会以酒发疯，也不会因酒而伤感，更不会因酒闹事……醉了也像平常一样，因为醉在清醇的酒香中，是一种莫大的幸福。

　　啊，故乡那浓浓的酒香就像阳光一样，将山里人平平常常的日子照耀！

五　月

　　五月的麦子成熟了，山里人打点着闲散的日子，开始收割五月的欢笑。

　　那沉积了一冬的期盼，那疯长了一春的梦想，在五月那蓝蓝的天空下，闪烁着迷人而温馨的光芒。一双双粗糙的手，飞快地磨着手里的镰刀；一声声欢快的笑声，将那一个个甜美的梦境点缀；一个个忙碌的身影，正在惊飞那在田里或树上跳跃的小鸟……

　　从田野里飘来的麦香，在五月的阳光下渐渐浓烈起来，在山里人的日思夜盼中也似乎突然真实起来，那挥舞镰刀的手在太阳底下显得更加灵动自如，一身相伴的乡土，在他们那割麦的"咔咔"声中，在他们那粗犷的歌声里，在他们那无法表达的喜悦中……似乎变得格外的温馨。那一株株沉甸甸的麦秆在手中滑落，那一块块金黄的麦田就在麦秆的疼痛中分娩，一粒粒麦子就是一个个希望的诞生，一粒粒麦子就是一个个梦境凝聚。

　　一时间，五月就变得更加的形象起来。村里村外，山上山下，都在麦浪的翻滚中，都在麦香的飘曳里，摇来晃去。那山路上，小道边，处处都晃动着奔忙而激动的身影；山坡上，田块里，时时都飘浮着热闹而温馨的气息；家里边，晒

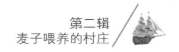

场上，总是传来女人爽朗的笑声……

那已经不再下地干活的老汉，也拄着拐棍儿一挪一挪地走了出来，在村头那哗哗响着的树林边，抬头眺望着满坡金黄的麦地，仿佛看见了五月的天空中，内也充满着金色的收获。满山的热闹使老人们久违的笑容又挂在脸上，那满地的"哗啦啦，哗啦啦"的割麦声，也似乎被听得那么的真切。

村里边，姑娘们的脚步跟她们的心跳一样，变得有些急促不安，仿佛山里的小伙子每一个收割的动作，都像五月一样充满了诗情画意。那割麦的手粗壮有力，那挑麦的步子沉稳轻健，那朴实的微笑真诚含蓄……仿佛她们看到了一个躁动不安而又让人回味无穷的五月，一个充满着浪漫而又让人如痴如醉的五月，一个充满着收获而更让人如梦如幻的五月。这时，她们故意显得很忙，也故意和人打着招呼："你家的麦子真好！""是啊，挑起来真沉！"

在五月那明净的月光下，全家老小围着刚从山上割回的麦子，"噼噼啪啪"地打开了，麦粒便在这有序无序的响声中，如珍珠般地滚出；麦壳便在晚风中，如蝴蝶轻轻地飞舞……这是山里人最能感到踏实的时候，因为自从麦子播下后，不知经过多少期盼和等待，不知经过多少守望和呵护，才有今天收获的喜悦与温馨，才有金黄金黄的麦子在眼前晃动。

于是，"噼噼啪啪"的响声，"嘻嘻哈哈"的笑声，从一个又一个的农家院里传出来，这家映那家，这村映那村，这山映那山，奏响了乡村五月的交响曲。由此，五月的夜晚变得更加的神秘而清爽。

在一阵忙碌之后，男人们往往一倒在床上就呼呼睡去，

女人们则在心里细细地盘算着："今年政府给了新种子，镇上的农技员又下村来培训了种麦技术，加上风调雨顺，难怪今年的麦子收成这么好！"似乎觉得有了麦子的日子，一定充实而温馨，一定甜蜜而美好，一定和谐而幸福。想着想着就进入了梦乡，梦中看见了一只布谷鸟正从那美丽的天空中飞来，落在她刚修起的小洋楼上——

"布谷，布谷"的叫声，在这五月里是那样的嘹亮而清脆！

为一棵树祝福

一

这是一棵平平常常的树，我为它祝福。

在我的租赁房外，有一棵高大挺立的树，以一双饱经风霜的眼睛，看着过往的车辆和来去匆匆的人们，春去秋来，寒来暑往，他总是以刚强的性格，向我展示出一种乐观豁达的姿态。

我初来这个镇上打工，在镇上一时没找到房子，也只好来到这离镇上不远的公路边租下了这间房子。而房门就对着那棵树，只是树在公路那边，我的房子在这边，一路相隔，却整天面对。当时正是春天，那棵树枝绿叶茂，犹如一把绿伞，高高地为我撑起一片绿荫，不时引来鸟儿的欢叫。好一幅"百鸟争鸣"的画面。我的心里自然而然地改变了当初因觉得上下班，要走这么远的路而怨气横生的不愉快，自然而然地喜欢上了这里，也就是跟这棵树有关，才使我安心地在这儿住了下来。

可冬去春来，这棵树的落叶由黄变枯，最后只剩下光秃秃的枝条，犹如一个刚强的男子那裸露的筋骨，透出了生命的质感。有一天，我看见几个人在用刀砍下树的枝杈，房主

人站在旁边指挥，这根该砍，那根该砍，还说只要那些能伸到旁边的房子上的枝杈都砍掉，仿佛树的自由伸展，就是一种过错，就遭来房主人对它的怨恨，更是引来杀身之祸。上面的人就挥刀砍一通，一个时辰下来，树就只剩下些残枝和大半截树干了，我心中不解，为什么这棵树要惨遭如此厄运？似乎看到那棵伤痕累累的树，在冬天里那双愤怒与无奈的眼睛，还似乎听见了树在轻轻地呻吟……我站在门前，只无言地望着那棵树。

在来年开春后，那棵树又对生命充满着无比的信心，全像什么也没有发生一样，在被砍掉的枝杈处长出了几许小枝条，枝条上长出了无数新叶，似乎在与它不远的那个花园里的树比拼一样。花园里的那棵树，四处的枝条可以随意伸展，干旱时主人为它浇水，霜雪来临时主人为它搭上薄膜保暖，但仍然低矮、枯黄，有的枝条快断裂时，主人为它用小木棍撑着，可最终还是断掉了，主人叹道："怎么就断掉了呢？"一天一天地，我房外的那棵树又显现了蓬勃生机，又是枝繁叶茂，鸟儿又飞来树上叽叽喳喳地叫个不停，仿佛小鸟也喜欢上它的那种顽强的精神。此时的树，似乎在向我挥手致意，告诉我说："要珍惜春天，珍惜生命！"

二

如果这棵树是生长在山坡上，那就可以尽情地吮吸着山水灵气，沐浴暖暖阳光，自由自在地疯长，凭鸟儿在上面筑巢，任顽皮的孩子在枝干上攀爬。虽然这里是闹市，但也似乎被遗忘，可它仍旧对未来充满着梦想，那就是能做大梁或一扇门，该多好！

到了夏天，虽然屋里有空调、电风扇，可仍有许多人每晚来这棵树下乘凉，说说笑笑。房主人说，这棵树是他爷爷栽的，有好几十年了，他小时候常在这树下乘凉，当时这儿没有公路，四处没有工厂，这棵树下是一块空地，一到夏天的夜晚，这儿乘凉的人多着呢。那年修公路，有人要砍掉这棵树，是他爷爷坚决不肯，才往旁边斜了点，这棵树才保留至今。他还准备将这棵树砍掉，在这棵树的位置上修房子，下面是门面，上面是住房，住房与门面房同时出租，一年还可以挣些钱。众人听后，有的说那当然好啦，要不是这棵树站在这里，这块地早就被修成公厕或厂房，或者变成公路了。再说现在树没用了，修房子不用树做大梁，全是钢筋水泥，就是门窗门盒也是铝合金了，砍了也没啥。也有人说，砍了太可惜了，这棵树是你爷爷栽的，更是他不顾一切地保护才保存下来的，砍了对得起他老人家吗？再说大伙又到哪里乘凉去？房主人说，反正爷爷也去世多年了，没人管这事了。如果乘凉的话，镇上有度假村，有游泳池，尽是现代化的好地方。众人听了也没吱声，我只有默默地为这棵树感到悲哀，更为我们人类感到悲哀，为什么人类与树不能和平共处，而树却要被文明推向边缘。

看来，这棵将难逃厄运了。

三

一晃又是严冬，这棵树虽然还没有被砍去，但又同样遭到修枝，仍是房主人请人乱砍，一些枝条又被砍下，又只剩下一些残枝和大半截树干。这是冬天，我又仿佛看见冬天里的那伤痕累累的树，在哭泣，在呻吟，在无奈地期待着什

么，呼唤着什么……我的眼前一片模糊，似乎这里已是一片荒漠与沙海了。

　　不久，我离开了这个小镇去另一个地方打工，不知那棵树被主人砍去没有，在它脚下的这片土地似乎已变成高楼、门面房，正是这里播放着流行歌曲，充满着商业气息，那声音如泣如诉，那气息让人头晕目眩，那情景让人百思不解。眼下正是春天了，如果那棵树有幸又逃过一劫，又将是枝叶繁茂，叶儿青春，鸟儿又在枝杈间跳跃，阳光透过树杈间将最美最新的图案映在了大地上，是那么的美丽，更是那么的迷人。

　　后来，我听人说我那租赁房外的那棵树，以坚强的毅力，以顽强的精神与命运抗争，终于长成了参天大树，正被房主人在心中暗自计算着："再等一两年就可以做大梁了。"而与它相邻的花园里的那棵树，长年累月经过主人的精心呵护，再也经不起风霜雨雪而日渐枯去……

　　就是这么一棵平平常常的树，让我从中得到了人生的启迪！

远去的村庄

在我的记忆中，村庄总在宁静和谐的日子中渐渐远去。

远去的不仅仅是在形容自己村庄的时候，总爱用"古老"这个词，还有那棵伫立于村口的老槐树，与老槐树上那十分动听的"知了"声，还有留在记忆深处的像"知了"一样的快乐无比的欢笑声，童年的许多梦想似乎都被爷爷的神话，点缀得如此的美丽。村庄，就像一个远古的神话，在我的心中摇来晃去。

一晃又是几许年月，我已从儿时长大成人，从那有如童话般的村庄走进了城市，从听惯了那美丽动听的"知了"声，而去适应城市里的喧嚣声，而村庄一天一天地在我的心中远去，远得真如爷爷的神话一般。不知在多少个失眠的夜里，我思念着我的村庄，那沉淀在我儿时快乐中的村庄，一下子变得模糊起来，我看不清它的模样，仿佛它就像村口的那棵老槐树一般，那原本光滑的皮肤，被岁月的风雨刻下深深的痕迹；那原本笔直的树干，被大山般的生活压弯了腰。从此，村庄便像一位老人一样用慈祥的微笑，默默地为我祝福。我的人生似乎就因它的微笑，变得温馨而美丽起来。与村庄一样渐渐远去的似乎还有朴实的乡音，有如清清的山泉般把我养大的乡音，就像一阵古朴而清新的风，总是在我

的梦里摇曳。仿佛那些日积月累沉积在心中的乡音，让我感到一股揪心的疼痛，如："某某人又去世了，在他临终时，还念叨他那早些年离他而去的媳妇……唉，人哪！""某某人的媳妇跟着一个远方的木匠跑了，还扔下一个年幼的孩子……唉，真可怜哪！"更多的还是让我感到欣慰，如"某某人的儿子又考上大学了，这娃子真有出息呀！""某某人做生意又发了，听说还在城里买上房子啦！"……在这些不加修饰，朴实得真像泥土一样浓浓的渐渐远去的乡音里，我似乎看见了村庄的勤劳与善良，似乎看见了山里人的坚强与勇敢。

那绕村口汩汩流动的小溪，似乎才是村庄里的一处流动的风景。它不分昼夜，不分春夏秋冬，总是在唱着那首动听而清脆的歌，让山里人那和谐宁静的日子，也多了几许浪漫。让像那棵老槐树一样变老了的人，也在那暖暖的阳光下，回忆着渐渐远去的儿时的记忆，从唱唱跳跳开始，从悄悄地爱上一个人开始，那条小溪似乎就从梦里流过，带着欢乐，也带着痛苦，带着希望，带着祝福……从岁月中流过，虽然一去不返，但留在心底的依然是甜蜜而美好的回忆。

太阳似乎才是我记忆中的村庄里的常客，时时光顾静谧的房前屋后和田边地头，那静静的田野和农舍，会因阳光的照耀而美丽。我仿佛看见山里人，常常在暖暖的阳光下，晾晒着自己对"春种秋收"的思考，对"春华秋实"的憧憬。仿佛一切都可以走出父辈以及祖祖辈辈的老路，一切都可以按自己的意愿重新开始，比如该种玉米改成播种高粱，把红薯地变成向日葵林……村庄，就在美丽的阳光，就在爷爷讲的神话故事般的美丽和神奇中流动。

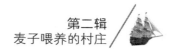

　　我记忆中渐渐远去的村庄，远离了沉淀在我儿时记忆中的模样，远离了我所熟悉的落后与贫困，远离我爷爷的神话般的虚无，一切变得实实在在，变得渐渐地从我的记忆中消失，我也不感到遗憾，反而我会为此感到骄傲和自豪，我会大声地说："这就是我的村庄！"仿佛我看见孩子们仍在那棵老槐树下奔跑，那树上刚长出的新叶正散发着阵阵芳香，一种崭新的气息有阳光照耀着美丽的家园，"知了"声般的流行曲在山里人那宁静而和谐的日子里如水地荡漾……

　　啊，村庄，我记忆中渐渐远去的村庄！

冬天的阳光

在冬天，阳光就像一个慈祥而和蔼的老人，不管走到哪里，哪里就充满着热闹与笑声。

清晨，一轮橘红色的阳光从山顶上慢悠悠地走来，给笼罩着氤氲迷雾的大地涂抹上了一层霞光，让整个大地都充满着暖暖的、淡淡的、温馨而美丽的色彩。

于是，在冬天的阳光下，年轻人便跑去山野田边，不是去劳动，而是尽情感受着只有在冬天的阳光里才能储蓄的春天般的梦想与憧憬；老年人却端个凳子静坐在院坝里，尽情地享受只有在冬天的阳光里才有的温暖与悠闲……

在这冬天里，白霜盖住了山坡、田间、荒野，给人一种萧条而迷茫的感觉。然而，这丝丝缕缕黄灿灿的冬日阳光，赶走了绕山间环绕的白雾，驱散了雾障霜凝的朦胧，像一个老人用和蔼和慈爱的微笑，接纳了一切喜怒哀乐，包容了所有的兴衰枯荣，让那有过春生、有过夏长、有过秋收的大地，在冬天又充满着欢乐与温馨。

那清澈得让人觉得有些寒冷的冬水田，似乎在为失去春的躁动，秋的收获，更为冬天冰雪的覆盖而失去了信念时，也让它看到了希望。因为在这暖暖的阳光下，鱼儿又开始在水面上游动，鸟儿又在空中飞翔，水波又在微风中荡漾……

　　那高高挺立在山坡上的树，似乎就是冬天里唯一风景。当冬天那暖暖的阳光，赶走了山间的白雾的时候，那早已落尽了叶子的枝条，那光秃得如裸露着筋骨的树干，就像一个男子汉一样，支撑起山里人的信念与希望。从它那挺直的身躯里，就能看出它是在积蓄着所有的力量，好在来年的开春后长出新芽。因为它懂得，没有冬天，哪来春天，没有冬天积蓄的力量，哪有春天长出的梦想。

　　那悠闲了一个季节的山里人，在冬天那温暖而灿烂的阳光下，高兴而熟练地在田野里播种着麦子，一粒麦子或许就是一个生命的诞生，一粒麦子就能孕育出无数个希望。在麦子播下后，他们往往会围着火炉，温上一壶酒，慢慢地品味着只有冬天才有的悠闲，也在期待着梦想的春天和收获的秋天……

　　因为经过春天播种的热闹，经过秋天收获欢乐的他们，似乎更加懂得冬天才是一个孕育着梦想，蕴藏着生命的季节，没有冬天，哪来春天和秋天？没有冬天冰雪的覆盖，哪来春天的百花盛开；没有冬天的守望与期待，哪来秋天的稻子飘香……

　　然而，在这冬天里，阳光似乎是在告诉人们"如果冬天来了，春天还会远吗？"更在让人们懂得冬天冰雪的覆盖，是在孕育着生命。那些被寒风刮得凋零的小草——只要扒开泥土看看，那些散落地上的种子，已经吸饱了水分；那些枯萎的草根儿，还依然活着；那山坡上变得光秃秃的树干，虽然落尽了叶子，但似乎已经在悄悄地萌芽……

　　冬天的阳光不但给人以温暖，给人以力量和启迪，而且还像兰花一样飘散着淡雅芳香，点缀着人们的梦想。在冬天的阳光里，几乎家家户户都在洗被单晒被褥，晚上就躺在刚晒干的被子里，连梦里都充满着阳光般的希望与梦想！

童年的记忆

村小学

村小学离我家不远，走出家门就可以望见。

因为偏僻，离场镇较远，那时交通不便，一般的正式教师也不大愿意来村小学教书，学校只有从本村的高中或初中毕业生中，挑选出几名代课教师来上课。记得我第一天去村小学报名时，一位年轻漂亮的郑老师牵着我的手走进了一间教室。从此，我就在村小开始了我的读书生涯。

当我第一次拿着郑老师发给我的新书，从那书里散发出浓浓的墨香，让我怎么也闻不够；年轻漂亮的郑老师脸上的微笑，还有那甜甜的话语，让我感受到一种从未有过的亲切；同学们那张张跟我一样陌生而高兴的笑脸，让我对学习充满着无尽的欢乐与朦胧的憧憬……

随后，郑老师就从"一二三四"教我们数数，也从"abcd"开始教我们学习拼音，渐渐地老师让我朗读"我爱北京天安门"的课文，背诵"谁知盘中餐，粒粒皆辛苦"的诗句……

村小学，每天便回荡着我们琅琅的读书声，每天都有我们轻捷欢快的身影，就这样，记忆中遥远的村小，仿佛是

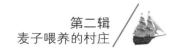

我心灵的乐园，让我这个懵懂的孩童一天天走向了知识的
海洋。

"六一"儿童节

在我童年的记忆中，让我最难忘的就是"六一"儿
童节。

凡到六一儿童节，学校总要挑选几名学生去参加镇小学
的文艺表演，这似乎是每一位同学都盼望的时刻，因为每一
位同学都希望自己被选上。那几天同学们总是议论纷纷，说
谁可能要被选上去表演节目，可在老师公布名单后，似乎又
是毫不相干了。虽然，这让有些同学高兴，也让有些同学失
落，但要不了两天，大家都会忘了不快而沉浸在"六一"的
欢乐氛围中。

被选上的同学，在每天下午放了学后，就得留下来跟
着老师练节目，而其他的同学就站在旁边怀着复杂的心情
观看，偶尔沉浸在那动听的乐曲和优美的舞蹈中，也时不
时地为他们不熟练的动作而感到好笑……

最高兴的是六一儿童节这天，因为兴奋而一晚上都没睡
好的我，带着烙饼，穿上母亲特意为我买的雪白的衬衫，
早早地来到了学校，与全班同学一道，在老师的带领下，
高举彩旗，向镇小学奔去，一路情绪高昂，欢歌笑语，好
不热闹。

那些要表演的同学，打扮得花枝招展，老师还用胭脂为
他们打扮成了"红脸蛋"，看上去特别显眼，成为节日的一
道风景。随后，在镇小学那不太开阔的舞台上表演节目，观
众主要是全镇的师生们，因此演员们感到这是最荣幸的事。

　　我在10岁那年也被幸运地选去当了一次小演员，表演的是舞蹈《我爱北京天安门》，时至今日也是我唯一的登台表演，让我记忆犹新，成为我童年生活中一朵灿烂的浪花。

同桌的她

　　在我关于童年读书的记忆中，印象最深的是同桌的那位女同学。

　　那时，每学期老师都要编座位，不知为什么，老师常常是男女同学搭配坐一桌。一次，老师竟把我编在与大伙最讨厌的一个女同学坐一桌，我却有点儿害怕。虽然她的年龄与我差不多大，但个头比我大，我还真不敢惹她，聪明的我早做了准备，首先将桌子上划上界线，说好，谁也不准过界，做作业谁也不准看谁的，等等。

　　有一次，她做作业时不小心过界了，我便用尺片对她打去，她十分生气，她想吵还想骂，但想到有言在先就话没出口。不久我也不小心手过了界，她却用事先准备好的更硬的竹板打我，痛得我直喊娘，我们谁都不饶谁，都在心中暗暗找机会。这样，作业我们谁也不给谁看，都在心中暗暗较劲，每次考试我一定要考赢她。但心中最大的愿望是，下学期再编座位时，我和哪个女生坐都行，千万别和她坐一桌了。

　　可下学期在编座位时，老师却按上学期考试的分数来编，第一名的男同学和第一名的女同学坐一桌，依次类推，我居然又和她坐一桌，算我倒霉！有一天放学后，在回家的路上有一个高年级的同学欺负我，她却主动跑来帮我，才把那个高年级的同学吓跑了。从此，我在心里感激她，做

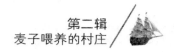

作业时，她不小心又一次手腕过界了，我却笑笑并提醒她，她也笑着说，对不起。这以后，我们的桌子上似乎再也没界线了。

前不久，我去市里参加一个骨干教师培训，却又与她坐到了一桌，这时桌子上似乎多了一条无形的界限，而我和她都十分小心，从没越过这个界限！

乘　凉

乘凉，就是人们避热消暑的一种方式。

每到酷暑三伏，不管是在地里干农活，还是在家里做手艺活，都会汗流浃背的，都会感到暑热难耐。这时，不管手里的活儿再忙，也得放下，然后找一个荫凉的地方乘凉，喝喝水或者取下头上的草帽来扇扇风。记得我家屋前屋后栽满了竹子和树木，这些在平日里看来挡住了阳光的竹子和树木，还真起到了清凉的作用，不管是再热的天，只要搬个凳子手里拿把蒲扇，往院坝边一坐，一会儿就凉快了。

在院坝边，还有一口从来都没有干过的老井，只要一到热天，不管是在我家屋后的山坡上干活的，还是在我家前的地里锄草的，都放下活儿跑来乘凉；不管走亲戚的，还是赶集的，也不管是打空手的，还是挑着担的，只要从这儿路过的人也都来乘凉，再喝口清凉的井水解渴。我父亲是个憨厚朴实的山里人，不管来的人是认识还是不认识的，他都搬凳子拿蒲扇，不一会儿就与他们聊开了，聊的话题多半是天气、耕作、种子、收成等，而且还聊得十分的亲切和融洽。

最让我难忘的是在夏天的夜晚，父亲总是把院坝打扫得干干净净，再洒些水，待坝子水干了，在上面铺上竹席，好让我们几兄妹坐在上面乘凉，可我们却去争家里唯一的竹

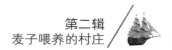

椅，一般都是谁先拿到谁坐，但多数时间还是爱哭的弟弟胜出。随后，一家人或坐小木凳上或躺在竹席上乘凉。在那明净如水的月光下，父亲一边摇着手中的蒲扇，一边给我们讲故事，讲那让我们百听不厌的桃园结义、唐僧取经、武松打虎……

　　远处，更是充满着大人们粗犷的笑声，还有小孩子们的打闹声。我知道，他们也都是在自家的院子里乘凉，有时也有离得最近的三两家人凑在一起，有说有笑的，气氛十分融洽。在这明亮的月光下，女人们的说话声和笑声一声高过一声；男人们多半是附和着，默听着，不管是自家女人拿自己来炫耀或者来取笑，他们都会一笑了之；小孩们拍着小手唱着儿歌："月光光，挂树梢，大人笑，小孩跳……"整个山村似乎都在这乘凉的人们的笑声中，充满着欢乐与热闹。

　　如今，从山村里走进城市的我，因为家里有空调却再也感受不到天气的变化，再冷再热都似乎一个样。可小时候乘凉的记忆，却让我终生难忘。前不久，我回了一次乡下老家，在吃了晚饭后，由于母亲在城里帮我们带孩子，独自一人在乡下的父亲，又早早地将院坝打扫得干干净净的，再洒些水，待坝子水干了后又铺上竹席。父亲说："今晚你回来了，我们还是在院坝里乘凉吧！"我说："家里不是有电风扇么？""啥扇扇起都没有在这儿凉快，因为这儿吹的是自然风！"随后，我和父亲一边乘凉一边聊着，再也不是父亲给我讲那让我们百听不厌的桃园结义、唐僧取经、武松打虎……而是我给父亲讲城里新近发生的新鲜事，助人为乐的好人好事……让父亲听得津津有味。

　　这时，远处再也没有男人们那粗犷的说话声，女人们一

79

声高过一声的笑声和小孩子们打闹声，在这明净如水的月光下，村庄里显得静静的，静得似乎让我感到有点儿空旷和陌生。我问父亲："怎么没人出来乘凉了呢，村里怎么显得静悄悄的？"父亲说："现在村里好多人都出去打工了，而剩下在家的好多都修起了小洋楼，也跟城里人一样安上了空调，大家都在家里一边看电视一边吹空调，谁还出来乘凉呀！"

在家家户户都有了空调或电扇的今天，在院坝里乘凉似乎已成为一种遥远的记忆！

清明的阳光

清明节又到了，我从县城匆匆地赶回乡下的老家，给爷爷上坟。

这天的阳光特别的灿烂，似乎是从我的记忆中升起的，有小时候跟着爷爷去给祖辈们上坟时一样的温暖和美丽，它给古老的村庄涂上了一层神秘的色彩。

在每年的清明节，忙于农活的即使过年过节都舍不得休息一天的爷爷，在这一天也要把手中的农活放下，换上一身干净的衣服，带上父亲和我一起去给那些我叫不出名字的祖辈们上坟，在那些长满青草的山坡上，爷爷总是指着那些已经显得特别古老的土坟说："这是你尊爷爷，这是你尊爷爷的爷爷……"

我看着这些长满青草，落满岁月尘埃的土坟，似乎可以想象出在这片土地上曾经生活和劳作过的许许多多人，他们生活的全部几乎就是劳作、耕种、收获，对土地深深的爱，对粮食特别的珍惜，一生都生活在勤俭之中，一生都没做过什么惊天动地的大事……这些或许就是我对躺在这里的祖辈们的印象。

从那时起，清明的阳光在我的记忆中，似乎多了一些厚重感，厚重得就像那条弯弯曲曲的黄土路，多少人在上面走

去走来甚至走完一生；厚重得就像那一片庄稼地，多少人用喜悦的欢笑和艰辛的叹息将它孕育……可惜我长大后一直工作在外，再也没时间在清明节这天回家跟着爷爷去上坟了。

如今的清明节，国家纳入了法定假日并放了假，我能匆匆地赶回家，而我的爷爷已去世多年了，我只好随父亲去上坟，父亲似乎也像爷爷一样，放下手中那些平时舍不得放下的活儿，换上一身干净的衣服，又去到那山坡上为祖辈们上坟。每到一处父亲都指着那些长满青草的坟说："这是你爷爷！这是你爷爷的爷爷……"这些话语像爷爷当年说的一样充满着凝重的语气，浸透着一种难以言说的表情。对于那些似乎已经远去的，在我心中没能留下任何记忆的祖辈们，不管父亲怎么描述，我都无法想象他们的容颜和身影，泥土覆盖的荒丘成了我对他们的唯一记忆，我只能在泥土的气息中试图寻找一些关于他们的踪迹。

父亲还告诉我，爷爷年轻时挑着一副担，带着简陋的家什走出贫困的家乡，在一块无人的荒野中停了下来，然后垒土割草，于是一间矮小粗糙的茅草屋成了他们的家。白天爷爷在荒凉的旷野上开荒耕作，生活就是在这样的艰辛中成就他们置业的梦想，家在旷野中支撑着他对梦想的执着，温暖了他忙碌的一生。爷爷在贫苦的一生中辗转辛劳，尝尽了人生的酸甜苦辣。死后一张照片也没有留下，一件惊世骇俗的事也没做过，他就像我那些远去了的祖辈们一样，如沙滩上一粒尘埃，所有的平凡和琐碎最终被泥土掩埋，沉入大地。

在清明那灿烂而美丽的阳光下，我此时只默默地站在爷爷那已长满青草的坟前，眼前似乎出现了他往日那些留在我记忆里的一幕幕，仿佛我看见他仍在那片青青的菜地里劳

作，仍在三月那暖暖的阳光下播种，一生都在这片土地上辛勤耕耘，日出而作日落而息，为风调雨顺庄稼的长势良好而欢笑，为干旱时庄稼的枯黄而哭泣……而今爷爷走了，我只能给他那已长满青草的坟上加把土，让这温存乃至伴随一生的泥土抚平他的艰辛与梦想！

啊，清明的阳光，因此灿烂而美丽！

小 路

在我的记忆中，路就是那条沿村口一直通往镇上的弯弯曲曲的小路。那路上被踩得光溜溜的石板，在太阳的映照下，总是反射出锈迹斑斑的光芒。

儿时，我就这样跟随爷爷沿这条弯曲的小路去赶集，一路上还天真烂漫地哼着儿歌，似乎觉得走在这条小路上，是一种莫大的幸运与快乐。到了镇上，爷爷总是一个劲儿地叫卖着手中提着的鸡蛋与竹筐，我却只顾看着四周热闹的场景，拥挤不通的人流，花花绿绿的店铺，好像看到了在小村里看不到的新奇。也许就从那时起，我就向往着能从这条乡间小路走出去，能像城里人一样生活在热闹与繁华的世界里。

随着岁月的逝去，我也渐渐长大了，村口那条通往镇上的弯弯曲曲的小路，已不再陌生，渐渐地在我来来去去的脚步中，显得平淡无奇了。我每次走在上面，还觉得这条路太小太窄，哪能跟外面的高速路相比呢！

路就在我的梦中起伏，我就因梦而漂泊。于是，我就从那条弯弯曲曲的乡间小路上走出，去到外地的城市里打工，整天奔忙在厂里与租赁房之间，整天往返于宽阔平坦的大道上，可总也感受不到踏实，犹如行走在云里雾里一般，城里街上那闪烁的路灯，那花花绿绿的世界，那高耸入云的高楼

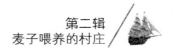

大厦，虽然每天都在我的眼前晃动，但在我的感觉中，却是那样的虚无缥缈。我总在失眠的梦中想念家乡，想念村口那条通往镇上的弯弯曲曲的小路。

如今，我又从外地辗转到了家乡的县城，这里有我熟悉的风土人情，这里有我过去的或者现在的文朋诗友，这里有我不再陌生的街道与风景，还有一直通往家乡的宽阔平坦的公路，如果某个下午下了班想回家，找辆车10多分钟就到家门口，来去方便。

尽管这样，我依然想着村口那条通往镇上的弯弯曲曲的小路。想到它，就想到爷爷，以及我的祖祖辈辈，都是在这条弯弯曲曲的小路上，走来走去，甚至走完一生。似乎只有往返于春夏里，来回在秋冬中，不为名而惑，更不为利而困，似乎不懂得什么叫起点，更没有想过将要到达的某个终点，只要走在这条弯弯曲曲的小路上，就像散步，就像在田里劳作，想说就说，想唱就唱，悠闲而自在，更像山里的一只鸟，日出而作日落而息，日子就像那条路上的一块石板，即便被岁月磨去了光洁的表面，但内涵却因山里人那实实在在的脚步，点缀得格外的深刻而丰富。

由此，每当我走在繁华热闹的大街上，奔忙在宽阔平坦的高速公路上，都无法感受到我脚下的路，就会因此变得"宽阔平坦"，即使我现在已生活在县城里，却无法感受到我已真正生活在小村以外热闹而繁华的"世界里"。相反，我更加想念村口那条通往镇上的弯弯曲曲的小路，似乎只有走在上面，才能找回我儿时的记忆，才能让我感受到有爷爷的呵护与关爱，才能感受到踏实与轻松，才能感受到自己像一只鸟一样，自由自在地飞翔在梦想与快乐中……

啊，我想念着家乡村口的那条乡间小路。

乳　名

　　乳名，一个与生命同生，而且被乡情泡得浓浓的，时时散发着泥土味的名字。

　　在故乡，每一个孩子出生时，父母都要给他们取一个乳名，如猪娃狗娃牛娃什么的，从此，这个乳名就一直被父母叫着，被乡邻长辈叫着，就像已经在山村里注上了册似的，想改也改不掉，因为这个乳名就如同一粒种子，已深深地播种在那片泥土里。

　　记得我刚出生时，父母就给我取了个乳名，不叫猪娃狗娃，因为父亲读过书，比起其他人的思想要开放一些，便给我取了个"云娃"。这意思是猪呀狗的太俗，而"云"似乎听起来高雅一点，寓意着将来长大后，会像云一样高飞，有高远的志向，更有"好男儿志在四方"的含义。后来我上学了，父母又给我取了个学名，可学名只有在学校里老师叫，同学叫。除了在学校外，谁都叫我的乳名，即使父亲偶尔叫我一声学名时，也觉得不那么顺口，而我听起来也不那么习惯。

　　随着岁月的流逝，我已过而立之年，也从乡下走进了城里，而我每次回到家只要一进村口时，便迎来了乡亲们十分热情的招呼："云娃，你今天回家来呀！""云娃，来坐坐，喝口茶吧！""云娃，你还认得我不，小时候我还抱过你呢！"……随后，乡亲们又是搬板凳，又是拿烟又是泡茶的，弄得本来有事的我只好坐下来，与他们吹吹牛，从庄稼的长势到今年的收成，从小时候的故事到新近发生的事情，从党的惠农政策到刚刚召开的十七大精神……这些看似平常而深奥的话题，仿佛在那浓浓的乡音中，就变得更加的生动而形象起来。

当初，回家有人叫我的乳名时还真有些不习惯，我也努力给乡邻们说我的学名，可他们老是记不住，即使偶尔叫我一声学名，也是那么的生硬，那么的别扭。后来有些有点学识的长辈或乡邻叫我学名老觉得不顺口，干脆就在乳名前加上姓，再把后面的娃去掉，就叫"张云"。这样叫，听起来虽不那么土了，但仍离不开"云"字，仍像是在叫我的乳名，我笑笑，算了。我也懒得给他们解释了，他们爱怎么叫就怎么叫吧。由此，我也慢慢地习惯了他们叫我的乳名"云娃"了。

有时，乡亲们进城来，在找不到我的住处时，便来单位里找我，我在单位时一眼就认出他们了，特别是在我下乡镇或出差时，他们就只能在单位问："云娃在不在？"弄得全单位的人都说不知道，当我回来后说云娃就是我时，弄得全单位的人笑话。在回家时，他们还十分认真地问道："云娃，你不在那个单位上班吗，我们去问怎么说没这个人？"我笑了，同时也说出了我的学名。可他们下次来城里找我时，依旧这样问："云娃在不在？"每当我听说后，就知道是家乡的人进城来了，便跑去街上找他们，如他们有事时我就尽力帮忙，没事时就请他们去我家里坐坐，聊聊天。也

许就是这乳名，把我与家乡人的那种难得的亲情、友情、乡情，紧紧地系在一起了。

如今，在城里工作和生活了多年的我，虽然我的学名就像我一样，常在花红酒绿的诱惑里陶醉，更在如梦如幻的生活中飘浮……但常让我想起留在故乡的乳名，因为我的这个乳名如一粒种子，已深深地融入了故乡那片厚重的泥土中，被朴素的乡风吹着，被美丽的阳光照着，被浓浓的乡情泡着……当我每次回家，只要走在乡村的路上，就听见乡亲们在叫我的乳名，从他们那不加任何修饰，不带任何势利的叫声中，我似乎找回了一种久违的亲情、友情、乡情，也找回了一个被故乡储存完好的跟乳名一样永远不变色不变味的自己，更像回到了那个属于我的温馨的心灵家园。

啊，乳名，一个永远留在故乡的，被乡情泡得浓浓的，永远散发着泥土味的称谓。

乡下的雨

"滴答，滴答……"一声接一声的雨，从院前的那棵老槐树上落下，再滴落在屋顶上，发出清脆悠扬的声音，似一首浅唱低吟的田园牧歌，又像粗犷豪放的山曲，将乡间的五月点缀得如此的和谐美丽。

好久没有回乡下老家了，前几天端午节因上班走不开，今天是双休日，我就匆匆地赶回家。一进屋，年迈的父母赶紧拿来刚包好的粽子叫我吃，我一看这粽子是才从锅里提起来的，正冒着热气。我问道："前天是端午节，怎么今天才包粽子？"父亲说："知道你今天才有空回来，所以今天才包粽子。"我忙拿着粽子吃起来，虽然，端午节似乎已被城里人忘了，但我还是按乡下人的习俗去买了粽子吃，但似乎没有今天吃的粽子香，更没有今天吃粽子时感到的浓浓的节日气氛。

天上正下着细雨，五月的雨点飘飘而下，清凉透明，含蓄真实，将田里的禾苗滋润，将树叶上与墙头上的灰尘洗涤，更如一支彩色笔，将整个五月的乡间描绘得和谐温馨。

这是入夏以来的第一场雨，雨虽然不大，但密实而急促，似乎已把刚挖好的红苕地浸透了好几分深，山里人便抢时间栽红苕，雨中头戴斗篷，身披蓑衣的山里人，那有说有笑，忙忙碌碌

89

的身影，真像是在水中游曳的鱼，自由自在，无忧无虑……仿佛这雨不是在滋润着他们脚下的土地，而是在浸润着他们脸上的微笑，点缀着他们对丰收憧憬的喜悦……

一会儿，父亲又披上雨衣出门去栽红苕了，我说："我也去帮着栽吧。"父亲生气地说："那点红苕我一会儿就栽完，今天你回来是过节，你就在屋里休息休息！"我知道父亲的脾气，从来都是说一不二，对于父亲的话，我从小到大都必须听从。今天他不要我去，如果我去了，又要让他大发脾气。

我就只好在屋里时不时地帮母亲干点烧火，洗菜之类的活儿，母亲说："我来吧，灶屋里黑，灰尘多，你去喝茶吧！"于是，我又只好在屋里坐着，一边喝着浓浓的茶，一边听着从屋顶上滴下来的一声接一声，时短时长，时而悠扬时而清脆的雨声……此时，我好像远离了喧嚣的城市，远离了忙忙碌碌的生活，又回到了美好的童年，每个端午节，父母总要在这一天包上粽子，炒上几个菜，还要特地为一生爱酒的父亲倒上酒，一家人热热闹闹地过节，从这节日的气氛里，去感受着收获的温馨，感受着乡下人特有的快乐与情趣。

中午，父亲回来了，同时邀上相邻的两个老哥，一起来家里喝酒，父亲高兴地介绍说："今天，我儿子回来过节了。"说罢，像个孩子似的，显出了一脸的兴奋……他们几杯酒一下肚，那个父亲的老哥说："我那儿子与儿媳，由于去了广东打工，路程太远，几年都没有回来过年过节了，我们老两口也懒得弄什么来吃，过年过节都跟平时一样，再也没有热热闹闹的气氛了。"

另一个接着说："我那儿子儿媳就在本县打工，除了过年，平时过节从来没有回来过，有时打电话去叫他们回来，他

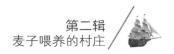

们也不回来……真让我不知说啥好呢，现在的年轻人啊！"

听到这里，父亲一脸的得意，说："我儿子好，不管啥节他早几天或晚几天都要回来，其实当父母的不是盼望儿子要买些啥回来，只盼望他们回来一起热热闹闹过个节，比什么都好啊，你们说是不是？"

大家都点头说："那是，那是！"

此时，我听着他们的说话，心里沉甸甸的，真是可怜天下父母心啊。其实，端午节那天单位里也没有什么大事，再说我又在本县县城，就是中午下了班，找个车10多分钟就到家了，可我以走不开为由，而没有回去，直到今天双休日才回去，心里真是有一种内疚。我望着一脸高兴的父亲，望着连连叹息的父亲的老哥们，心里不知该说什么好，我只赶忙为他们倒酒，让在烈性酒中醉了的他们，再一次醉在五月那清凉的雨中，醉在浓浓的"节日气氛"里……

下午，本来我想回城里去，可我却没有走，父亲依然上坡栽红苕，母亲又去田里割猪草了，我只有一个人静静地待在屋里，聆听着屋外那动听而悠扬的雨声，我此时才觉得仿佛乡下的雨声，比城里的雨声更好听，也更亲切更纯朴。乡下的雨，比城里的雨更真实更感人！

夜里，我却无法入眠，那"滴答……滴答"的雨滴声，此时更加的清晰更加动听更加亲切起来，我透过这雨点，似乎看见了父母博大而真挚的爱，如雨水滋润着田里庄稼般地滋润着我的梦想，如雨水洗涤着绿叶上的灰尘般地洗涤着我的心灵，更如一支彩色笔，像描绘五月乡间美景般地描绘着我多彩而美丽的人生。

啊，乡下的雨，渲染着我五月的心境！

牛

在村庄里，牛就像男人的肩一样，支撑起整个山里人的负重生活。

牛一生下来，似乎就与村庄有缘。吃的草，是从村庄里那片古老的土地上长出来的；喝的水，是从高山上流淌而来的清清的，曾养育过一代又一代山里人的水；走的路，是多少山里人在上面走去走来，甚至走完一生的山路；牛熟悉的语言，是山里人那不加修饰，粗野豪放的说话声……牛在朴素的乡风中成长，一天天地长成了一头跟山里人一样憨厚壮实的躯体。

长大了的牛，似乎就用肩挑起山里人生活的重担，似乎就用殷实的脚步延续着山村里的人间烟火，似乎就用艰辛的劳动传递着山里人的勤劳与朴实。谁家养有一头牛，不光是谁家的大人起早摸黑，或上坡割牛草，或下地干农活。就连小孩也变得特别勤劳，每天早上还在睡梦中，往往就被大人叫起来，要把牛牵到山坡上去放。虽说有百个怨言，但在说一不二的大人面前，也得大气都不敢出地把牛牵去山坡上放。

在开春后的农忙时，也是山里人最忙碌的时候，每天早上天刚蒙蒙亮，就赶着牛下地去，忙着为山里人耕地，在那

92

一声欣喜的吆喝声中，牛就像来了精神似的，从迈步时开始就不停地往前走。对于山里人来说，牛在田野里所走的每一步都是一个希望，牛所走的每一步都是一个期待。牛与山里人就这样一前一后，既悠闲又忙碌地走着，既紧张又轻松地走着，仿佛牛与人就这样在看似短短的，却没有终点的田野里，不知走过了多少艰难的岁月，迈过了多少困苦的日子。

春去秋来，在牛走过的地方总会长出一些庄稼来，比如高粱、玉米、稻子，在庄稼那成熟的馨香里，总是渗透着牛的气息，在那如火的秋阳下弥漫开去，让山里人把对收获的喜悦与牛的辛劳联系在一起，让山里人把温馨的日子与牛的付出联系在一起。这时，山里人总是把牛牵到田里，不是让牛干活，而是让牛去感受一下收获的热闹氛围，牛也因丰收的喜悦而高兴，时而在田野里奔跑，时而在田野里打滚，仿佛牛的高兴不只是在表面，而是在心里。

牛有时也像一个顽皮的孩子，一转眼就跑个没影儿，使得放牛的孩子四处寻找，而它这时往往还躲在哪棵树下睡大觉，气得孩子用条子打它，这时如果被大人看见了，反而孩子会挨打，因为牛在山里人的心目中，比什么都金贵。牛有时也像一个十分懂事的大人，不管草坪边庄稼地里的禾苗长得如何的诱人，可它总是只顾啃着草坪里的草，从不走近庄稼地半步，牛似乎也懂得"锄禾日当午，汗滴禾下土，谁知盘中餐，粒粒皆辛苦"。

牛在村庄里不分春夏或是秋冬，不分田坎或是山路，总在来回往返中，用坚实的脚步抒写出山村里最美丽的诗句，用默默地劳作勾画出山里人最甜蜜的梦想。难怪山里人总是说："等到今年秋收后，一定给儿子娶个媳妇！""等秋收

后，一定给80岁的父亲做个寿！""等秋收后，一定把房子改修成一幢小洋楼！"这时的牛像什么都明白，又像什么都不知道。更像一个老人似的，在那夕阳西下的黄昏里，让放牛的孩童骑在背上，听着孩童唱着那优美动听的牧歌，穿过古老的村庄，行走在那条弯弯曲曲的山道上，用和蔼的目光去点缀乡村的丰盈，用微笑去描绘山村的美景。

　　啊，村庄因牛而古朴厚重，山里人因牛而勤劳朴实！

小镇上的月光

在我的记忆中，小镇上的月光很美！

那是很多年前，我带着梦想与追求，独自来到一个远离家乡的小镇上打工。可现实却没有想象的那样美好，整天除了干那些枯燥而繁重的活儿，似乎就是那不停地转动的机器辗碎了我所有的梦想，仿佛在这里打工的艰辛生活完全与追求无关，一切都那么实实在在。

在一个夏天的夜晚，下了夜班的我，刚走出厂门，看见同厂另一个班的她站在那里，我问道："你在等谁呀？"她笑了笑说："我在等你呀！"我有点不敢相信，但还是与她一起往街的那头走去。她说："听说在这次厂里的征文比赛中，获得了一等奖？""是呀！""那该祝贺你哟！""哎，好像你也获得二等奖吧？""是的！""那我也要祝贺你呀！"

我们就这样边说边走着，明净如水的月光映照着小镇，使整个街道也像水洗过一般的美丽整洁，那街道两边的树在微风中轻轻地摇动着。那平日里繁杂而拥挤的街道，也变得空空荡荡的，走在上面真有一种如梦如幻的感觉。她说她高中毕业后就在这厂里上班，她唯一的爱好就是写诗，她最大的愿望就是想当一名像舒婷那样的诗

人。我说："那你就认认真真地写呀！"她问我："你喜欢写作吗？"我说："还是在学校里写过，好久都没写了。""你功底这么好，为什么不写了呢？""再写也还不是打工？"她一听换了一种口气说："你如果发挥你的特长继续写作，说不定有一天还能改变自己呢！"

也许就是那晚与她的谈话，深深地启发了我，我便一改往日的无所事事，又像从前在学校那样写起文章来，已经在心中消失了的"作家梦"，仿佛像这小镇上美丽的月光一样，将我枯燥而艰辛的打工生活重新照亮。因为我们在厂里做的是最后一道工序，要等到别的流水线干完了活，我们才有活干，这样大多是上夜班。从此，每晚下了班，她都在厂门口等着，我们就边走边谈论人生，谈论理想，有时她也念一些才写的诗给我听，我也读一些我写的散文让她欣赏……

这时，小镇的月光似乎在她那美丽的诗句的吟咏声里，更加的明净而美丽；在我的散文的意境中，也更加的深邃而含蓄；后来，因我从那时起又开始了写作，也就是这写作改变了我的命运，我回到了家乡县城的文化部门工作。而她呢，后来听说她的父亲患了癌症，在她父亲去世后，为了挣钱还为父亲治病时欠下的债，她又独自去到广州打工。再后来，我在很多报刊上读到过，她那有些像舒婷写的那样优美动人的诗……

在事隔多年后的一个夏天，我出差路过那个小镇，也许是为了找回一些美好的记忆，我便在小镇上住上一夜，晚上我又独自沿着往日常走的街道走去。我看见明净如水的月光依旧映照着小镇，使整个街道也像水洗过一般的清洁美丽，更像记忆中那些夜晚的月光一样充满着诗情画意，变得如梦

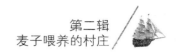

如幻!

　　快到下场口时，走得有些累了的我，想找个地方坐坐，正巧路边有个小吃摊，我刚一坐下，便听见一个熟悉的声音："请问你要点什么吗？"我抬头一看，原来是她，她也认出了我。我说："你现在还好吗？"她点了点头："我现在就摆这个夜摊，维持一家人的生计！""你还写诗吗？""不写了，也许在我的生活中再也没有诗了！"这时，一个拄着拐棍的男人走过来说："那边要两瓶啤酒。"她指着他介绍说："这是我男人，两年前因车祸落下了这个终身残疾！"于是，我全明白了，还没等她忙完，我就起身离去了。

　　此时，我回过头来，看见她那忙来忙去的身影，在小镇那一轮皎洁月光的映照下，像一幅画那么真实，也像一首诗那么美丽！

洋槐树

　　我见过的洋槐树很多，但唯独记得最清楚的是家乡村口的那一棵。

　　那一棵洋槐树，很大的树干，茂盛的枝叶，但从它的外表来看，一眼就看得出它是一棵古老的树。那树到底有多少年的历史呢，没有人知道，我只听爷爷说过还是在他爷爷小时候就看见这棵树的，一代又一代的人走了，它却依旧站立在村口，站立在人们的欢歌笑语中，站立在人们的悲欢离合的故事里。

　　记得小时候，我常在那棵树下或树上玩，有时我们几个小伙伴，在树下过家家或者捉迷藏；有时我也爬到茂密的树间，学着鸟叫，那学得有几分像鸟的叫声，偶尔还真逗来鸟儿的欢唱呢；有时也学着吓人的声音，去吓那经常和我玩的最胆小的女孩，在那学得真有几分恐怖的声音里，还真把她吓哭了呢！每个赶集天，我父母天不见亮就去赶集，因鸡蛋或者丝瓜南瓜不好卖而到下午都还没有回来时，我便在那棵树下等，等着等着就靠着树干睡着了，等到父母回来时便把我接回家，我吃着父母买回的香香的油饼，既高兴又觉得幸福……那棵洋槐树，似乎是我童年最好的玩伴和依靠。

　　洋槐树就这样不管春夏秋冬，不管风霜雨雪，默默地站在那里，有时就像一个守卫村庄的士兵，用一生的忠诚给村庄带来了和平与安宁；有时也像一个饱经沧桑的老人，用一种十分平和的目光守望着乡村，让乡村也多了几许平和与宁静；有时也用一双饱含深情的眼睛凝视着这片土地，那赶着牛走过的脚印是那样的真实而稳健。

尤其是在夏天的晚上，村里的男女老少都不约而同地来到那棵洋槐树下乘凉，有的端着小木凳，有的搬来竹椅，摇着蒲扇，谈论新鲜事。什么新编的故事，什么新想到的话题，什么才听到的消息……大家都毫无掩饰地说出来，不管合不合乎情理，也没人去追究它的细节，只要让人明白其中的"尊老爱幼，孝道为先"的传统美德就行，他们就这样在那棵树下说着笑着乐着，树也似乎听着笑着乐着！

也许是村口的那棵洋槐树，让村里多了一些古朴的感觉，也多了一些迷人的风景。不管是农忙时在田野里干活累了的男人，还是农闲时在家里拉家常的女人，总喜欢聚在这棵树下，男人就毫无顾忌地聊些什么庄稼的长势，或是今年的收成，都十分开心地谈笑着，树听见也显得十分开心的样子；女人们多半说的是张家长李家短的事，树听见也似乎总是笑笑，不作评论也不作答复，更多了一些理解和包容。

如今，那棵洋槐树似乎不再是我童年的玩伴了，更像我那年迈的父亲，那一张饱经岁月的风霜的脸上，总挂着和蔼可亲的笑容。不论什么时候，他似乎总是站立在村口，就像那树一样，心里时常盼着像小鸟一样飞走的儿女们。这种盼望就像我小时候，时常坐在村口这棵树下等我赶集还未回来的父母一样，先前我就尽情地玩，玩累了就坐在树下等，等累了就靠着树干上睡着了，仿佛那时的洋槐树，就像我的父

亲一样抱着我，给了我无尽的温暖和爱。

现在走出山村在县城工作的我，也时常梦见父亲就在那棵洋槐树下守望着。我想，父亲就像那棵树一样，深深地爱着那片土地，深深地爱着乡村里那些朴实善良的人们，我曾多次接父亲来县城住，他却不肯，即使来了，也要不了几天就回去了，回到乡下的父亲总是在洋槐树下坐坐，还十分高兴地把在城里见过的新鲜事讲给村里的人听，让他们也高兴。

更多的时候，父亲总是一个人坐在这棵树下，默默无语，也许是在守望着他那曾经耕耘过的土地，在回味着那曾经带给他欢乐和梦想的岁月吧！

五月的旅途

旅途是愉快的，旅途让人感到轻松，更让人从中留下许多温馨和美好的回忆。

在"五一"节放假期间，我把平日里怎么也忙不完的事扔在一边，把房门"砰"的一声关上，背上背包便踏上了去成都的旅途。因为成都一直是我向往的地方。

车刚到成都外环路时，我忘了乘车的疲倦，一下子来了精神，把脸贴在车窗口，尽情地向外望去，想要把这里的一切都要尽收眼里，那一望无涯的平原，那高高的楼房，那纵横交错的立交桥，那繁华热闹的街市……真让我由衷地感叹道：成都，这座因为《星星诗刊》而充满诗意的城市，这个因为李劼人的《死水微澜》而让人向往的地方，今天，我总算见到了你的真容。

到了成都后，我首先就给在成都的一位朋友打电话，他是从家乡县城辞工而来成都的，他接过电话，便问："你在哪儿？""我在人民南路。""你就在那里等着，千万别走开，我半小时后就来接你。"大约过了半小时，他骑着一辆电动摩托车来到人民南路，找到了我，他比过去显得老了些，四十刚过的人，看上去与实际年龄不相符，他十分热情地握着我的手，我问他："你怎么变得比过去老了呢？"他

笑了说："也许是出来压力太大了。"

我们便去了附近的一个公园，在那里喝茶聊天，轻松愉快地说一些文学创作上的收获与一些过去的事，浓浓的乡音，朴实的话语，真像杯子里的茶，越泡越浓。

随后，我提到在成都有一位两年来一直都在以书信的形式辅导我写作的军旅作家、诗人杨泽明老师，朋友建议我打电话给他，如果他有空，就请他来喝茶。我说："这恐怕不好吧，他这么大年纪了，又是名家，我们应该去登门拜访才对。"

朋友再三的鼓励，我才拿起电话拨通了杨老师家的电话，他接过电话说："你们在哪里？""我们在人民南路附近的公园。"当他问清了详细地址后说："我马上来！"大约过了半小时，只见一位气质不凡的老人推着自行车来到公园里，朋友问我那是不是杨老师？我说："我也没有见过？"朋友笑了："你与他没有见过面？"我点了点头，我便走过去一问："你是杨老师吗？"他马上伸出手紧紧地握着我的手说："今天我本来有个文友聚会，听说你来成都了，我当然得来陪你，毕竟我们是'文友'又是乡友嘛！"一句开门见山的话，说得十分真诚而热情，我先前那有些不安的心情一下子就不见了。

随后，我们三人喝茶聊天，谈文学创作，杨老师像是专门给我们上了一堂文学课，使我们感悟到了许多平时很难悟出的道理。

中午，朋友说由他坐东，在对面一家大酒店吃饭，杨老师说由他请客，因为他是"主人"，我们三人争来争去，没有结果。在点菜时，杨老师说："不能要多了，吃不完浪费。"我们就边吃菜边喝酒边聊天，最后朋友多年前的一位学生，在成都已当老板了，他来后首先争着把钱付了，再来陪我们喝酒，朋友风趣地说："你看，我们大家争来争去，最后被我的学生捡了个'便宜'。"

下午，我们又去那个公园继续喝茶，又喝了一个下午。五月的阳光虽然火辣辣的，却在轻风中显得那么灿烂而美丽，公园里盛开的花朵与绿绿的柳枝，更增添了色彩，点缀着我们此时的心情。

晚上，杨老师提出由他请客，又到成都一家有名的鱼庄吃鱼，我们又争着买单，最后朋友说："别管这些，等吃了再来决定谁付。"店里的老板十分热情，一个菜一个菜地给我们介绍，我们要了菜，又要了酒，大家谁也不劝酒，而是根据自己的酒量，喝酒聊天，其乐融融。没有一个业余作者在一个老作家面前的自卑感，也没有一个打工仔在一个大学教师面前的无地自容。而此时，大家都作为"文友"与乡友，在浓浓的乡音中，感到了如故乡吹拂着的五月的乡风，因文而欣喜，因文而陶醉。

当吃完饭后，我与杨老师争着付账时，谁知朋友在席间以上厕所之机早已把账结了，让我和杨老师很是感动。

随后，我要到成都的一个郊区去，因为我老婆在那里打工，杨老师推着他的自行车送我去公交车站上车，一路上，他十分热情地向我介绍着成都的风土人情。

我在去郊区的公交车上，透过车窗看见那一幢幢崭新的高楼，那打扮时髦的行人，那繁华热闹的大街，那川流不息的车辆……不停地在我的眼前闪去，像一幅幅美丽而动人的电影画面。而唯一在我脑海里定格的是杨老师那和蔼的笑

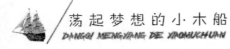
容与朋友热情而真诚的话语，还有乡友间浓浓的乡情与"文友"间的热情……

此时，我感受到的成都，因为有杨泽明老师与我的那位朋友，而变得亲切和美丽！

鸟语村庄

在我的印象里，鸟儿特别青睐村庄。

记忆中，老家似乎就是鸟儿的天堂，那树的枝杈间、山坡上、庄稼地、屋顶上，到处有鸟儿翻飞、跳跃。什么布谷鸟、麻雀、燕子、翠鸟等，它们用不同的频率，不同的音调，将寂寞宁静的乡村点缀。每天，那房顶上，鸟儿跳来跳去，飞起落下，像小孩似的不停地打闹；那院前的大树上，鸟儿在东蹿西跳，梳理着羽毛，招呼着同伴，唱起了一首欢乐交响曲；对门半山腰的那棵梧桐树上，麻雀成群地飞来飞去，叽叽喳喳，像村里的农妇们在说着乡村趣事呢！

那时村里有好大一片山林，在山林下面我家屋后面也有一片竹林，一年四季竹林似乎都是翠绿而茂盛的。在四周都变成光秃秃的农田后，这一片山林和竹林似乎就是鸟儿栖息的地方。每年开春，小鸟那欢快的歌声，叫来了春阳，叫醒了大地，唱红了花朵。每当农田犁耙水响，一片忙碌时，翠鸟便追在犁后翻转的泥土上啄食泥鳅、蚯蚓，高兴了就跳上田埂欢唱。过了清明，布谷鸟就"布谷——布谷——"地催促着村民撒谷播种，一粒粒种子播下后，鸟儿便像山里人一样，守护着、等待着种子的发芽。初夏，每当太阳落山的下午或黄昏，鸟儿更是不停地欢叫着，声音高低有致，韵律变

105

化多端，就像用歌声唱出对收获的渴望，用歌声唱出对田里长势良好的庄稼成熟的期待。秋天，也许因为收获的欢愉，鸟儿们的叫声更加响亮，歌声似乎唱响了秋天，唱响了收获，唱响了丰收的喜悦。

在冬天，寒冷的风吹拂着大地，树叶纷纷飘落，剩下光秃秃的枝条，小鸟们在田野里艰难地觅食。小时候，我就盼望着下大雪，一场大雪将整个大地铺得雪白雪白的，便是我捕捉鸟儿的大好时机，在雪地上扫开一块空地，在空地放上一些谷物，再放好竹筛，用长长的绳子连着撑着竹筛的小木棍，只要鸟儿飞进来觅食，躲在远处的我将绳子一拉，就会捕捉到小鸟。有一年，在我捕捉到一只麻雀后，用线拴着玩，父亲叫我放了，说："你这样拴着，小鸟肯定会死的，小鸟的生命在于飞翔嘛。"不管父亲怎么说怎么骂，我都坚决不肯放。第二天早上起来，我发现那只麻雀不见了，当时我还以是被家里的大黄狗或小花猫吃了，正当在我为麻雀伤心时，父亲告诉我说，是他昨晚偷偷放了的，我这才转哭为笑，从此即使再捕捉到小鸟，也是玩玩就放飞了，再也不用线拴鸟儿玩了。

在村里，人们最喜欢的鸟是喜鹊，因为"喜鹊叫，喜事到！"我原以为喜鹊是很好看很美丽的鸟。其实，喜鹊黑翅白肚，形如乌鸦。如若它在你家门前，"喳喳喳"地欢叫几声，你家十有八九就有喜事临门。我母亲说如果清晨开门，听到喜鹊喜气洋洋地欢叫，这几天肯定有什么喜事或好事。母亲告诉我，村里的王婆婆那年早上起来就听到喜鹊在她家门前叫，下午他那打了多年光棍的儿子，在外面打工不到两年，就带着一个漂亮的儿媳妇回家来了，一年后就给她生了一个白白胖胖的小孙子呢。还有，李二婶那天也听到喜鹊在她家门前叫，中午邮递员就送来了她儿子的重点大学录取通知书，真是乐得李二婶跪地说："喜鹊呀，你真是神仙，这么灵验哟！"

后来，不知怎的，村里的那一大片山林没有了，全变成了种粮食的地了。就是我家屋后面的那片竹林也一样，被砍伐了开成地也种上了土豆和麦子，小鸟们就没有它们生存的空间了，不知是小鸟们飞走了，还是因为没有生存之地而死亡了，从此就很少看到鸟了，更没有听到鸟儿欢快的歌唱了。没有鸟儿的村庄，似乎变得格外的寂寞和冷清，没有鸟儿欢唱，乡下的日子也似乎变得枯燥无味。

于是，在这种情况下，听惯了鸟叫声的人们，就格外期待燕子，在所有鸟儿不知所踪时，燕子还留在村庄。为了能留住燕子，人们在修房子时，总要在堂房两边的墙壁上用竹子给燕子搭上做窝用的小小平台，好让燕子能进家里来，能有一个栖息的地方。也许是人们的良苦用心，燕子就与人们保持着格外的亲近，每天燕子总是"叽叽喳喳"带给人们新鲜的气息，带给人们无言的欢乐。它们喜欢绕着厅堂鸣叫筑巢，喜欢占据我家厅堂横梁，它们在上面吃喝拉撒，好不开心。有时，我端着碗在屋檐下吃饭，一不小心，一撮白屎就拉到我头上甚至我碗里。我火了，骂它赶它，拿起棍子要捅它的窝，母亲见了就会笑着责备："好不易才把燕子请到家里来，你赶它干啥呀！如果你捅了窝，它到哪安身？你再捅，来世变成燕子就没有屋住！"

如今，随着农村大量栽树种竹，加强了农村生态建设，村里的那片山林依旧还是山林，我家屋后面的竹林依旧还是

竹林，而且看起来比原来还要翠绿还要茂盛，也许是环境的改变，那不知去向的小鸟们，又不知从哪里飞回来了，整天"叽叽喳喳"叫个不停，整个村庄里又是鸟语缤纷，人们欢声笑语。屋檐下燕子飞舞，姿态优美，鸟儿的叫声里充满着甜蜜，人们的生活也更加和谐美好。

　　鸟语村庄，乡村因鸟儿的繁衍变得温馨，家园因鸟儿的欢唱变得美丽！

清明春意浓

"清明时节雨纷纷",在我记忆中,清明节总是阳光灿烂。

这样的好天气,我选择了回乡下老家,因为乡间的四月更是美如画。我和在城里生活了好几年的父亲经过一个小时的车程回到乡下时,乡下的老屋早已变得破烂不堪,成了废墟。但房前屋后的桃花开得红红的、李花开得白白的、青草发出了香香的气息……这在城里很难感受到的。但这是清明节,我们还没来得及休息,父亲就带着准备好的上坟用的祭品说:"我们去给你爷爷上坟吧。"

于是,我就跟着父亲沿着那条小路,去往山坡上爷爷的坟地。乡下的清明节,被四月暖暖的阳光映照得格外的美丽,山坡上到处是长得青青的草,还有绿绿的树,金灿灿的油菜花更是开得格外的鲜艳,蜜蜂在花丛中"嗡嗡"地采着花蜜,在那油菜花地之间,嫩绿嫩绿的菜地也充满了鲜活的生命力。

虽然是在清明节,但我此时的感觉不是去上坟,仿佛是在踏青。乡下那渐暖的空气,渐绿的柳枝,吐芽的苞蕾,让我的眼前一亮,真切地感受到一股浓浓春天的气息,柔柔的风吹在脸上很是亲切。当我爬到半山腰时,再往下一看,小

河边的柳树在微风中轻轻摆动，宛如一群身穿纱裙的仙女在为春天而载歌载舞。山坡上嫩绿的小草也不甘示弱，抖抖身子钻出地面迎接严寒过后的春天。漫山遍野的野花像一位位仙女亭亭玉立，好一派迷人的美景。

我就这样边走边看，欣赏着这"万紫千红，百花齐放"的春色。不一会儿就来到爷爷的坟前，父亲双手合并，在爷爷的坟前跪下，嘴里轻轻地念叨什么。我把一条白纸做的"清飘"插在爷爷的坟头，以寄托着我对爷爷的哀思。虽然爷爷才去世几年，却仿佛变得那么遥远，遥远得只剩下零星的记忆。

小时候我特喜欢清明，因为好几辈的人都会聚集在一起，到山上祭祖，归来时还会有个大团圆饭，真的很热闹、很温馨。那时小小的我会跟在大人们后面奔波在山中田野里，一蹦一跳的，时而采摘花朵，时而采摘鲜嫩的野菜。后来稍大些，也不再这么顽皮了，每年的清明节就跟爷爷和父亲一块儿去上坟，那时的爷爷身体比较好，每次爬山时都如履平地。在每座坟前父亲烧着纸钱，爷爷双手合并，然后下跪，再把一条白纸做的"清飘"插在坟头，寄托着哀思。然后，给我一一介绍着："这是你爷爷的爷爷，那是你爷爷的父亲，那是你爷爷的爷爷的父亲……"那声音仿佛显得凝重，那说话声里充满着怀念之情。

年复一年，日复一日，如今的爷爷也被那一堆黄土所掩埋。我看着爷爷那早已长满杂草的坟，也想着爷爷生前的音容笑貌，虽然那些关于爷爷的记忆越来越模糊，但心中仍对爷爷充满着怀念。"清明时节雨纷纷，路上行人欲断魂。"但在我的记忆中，清明节却很少下雨，一般都是阳光灿烂，

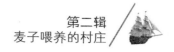

上坟的人来来往往，他们爬着山，踩着芬芳的山风，走向他们逝去亲人的坟地，用不同的方式表达着对亲人的哀思和怀念。

在我和父亲上完坟后，沿着山路走下去。在不远处，我看到有一个老爷爷牵着一个小孩，到一个新坟前，下跪然后泪如雨下，我不知道坟里躺着的是他的什么亲人，但我知道这小孩肯定对去世的人感情很深，我想也许是他的父亲，或者是他的母亲……我也为之动容，仿佛那山间开放的小花，也为之动容。然后，待那孩子上坟完毕后，我走过去问他："小朋友，那里躺着的是你什么人呢？"小孩哭着说："是我们村小学的王老师，去年夏天发洪水，我放学回家不幸落水，正好被王老师看见，不会游泳的她，却跳下河来救我，可她却被洪水冲走……"

小孩再也说不下去了，我也不知道该说什么，随便安慰了他几句就走开了。走了没几步再回头看去，仿佛觉得王老师那坟前的野花开得很美，那被昨晚的细雨打湿后的花朵，花蕊还有水珠，像是动人的泪珠在闪动。我说："那坟前的花开得多美呀！"父亲回头看了看说："是的，那些开得很鲜艳。"

一阵春风吹来，我感受到了一股浓浓的春意！

心灵的遥远

　　那天，我没事时回乡下老家，记忆中才栽的秧苗一下子就变成正在抽穗的稻子；记忆中村口那块空地仿佛突然变成了一排崭新的楼房——新农村；正在空地上玩耍的小孩，我却一个都不认识，家乡变得遥远了。

　　心灵的遥远，是对陌生地方的向往和敬畏，是对一个熟悉地方的遗忘和淡化。我自小在家乡长大，对家乡的山山水水、风土人情是非常熟悉的，哪个坡上有棵百年老树，哪个水塘有个很深的水坑，哪个坝上有口清凉的水井……我都非常清楚，可由于时间的推移，家乡也在我心中渐渐地淡化，有些事情也许被我渐渐遗忘，仿佛昨天认为遥远的今天不再遥远，而昨天认为太熟悉今天变得陌生了。

　　小时候，我常听爷爷说起去镇上赶集，镇上是如何如何的热闹，镇上赶集的人是如何如何的多，心中总是充满着一种神秘和向往。当我第一次跟着爷爷去镇上赶集时，看着街上那摆得花花绿绿的摊点，看着拥挤不堪的人群，看着集市上卖鸡鸭鹅的，卖鸡蛋鸭蛋鹅蛋的，什么都有，集市上的人拥来挤去，叫卖声此起彼伏。而且，我还能吃着爷爷特意给我买的冰糕和油条，让我真切切地感受到小镇的热闹之后，心中就不再觉得小镇遥远了。

由于有一个经常在一起玩的小伙伴的父亲在县城的招待所工作，他总是隔三岔五去到县城玩，每次回来他都对我们说县城的电影院好大，县城的街道好宽，还有在县城坐过的我们想都没想到过的什么碰碰车，还有在他父亲的招待住真是舒服……从此，我对县城充满着向往，总想有一天能去到县城玩，因为对于那时的我，这个机会肯定不多，总觉得县城好遥远了。有一次，我那当赤脚医生的父亲要去县人民医院培训时，我好说歹说父亲才带我到县城，县城给我印象是宽宽的街道，来来往往的车辆，还有穿着时髦的行人，在街道上逛街和漫步，有说有笑，摊点前还有动听的歌声和叫卖声……可能是运气好，我在县城又碰到那位小伙伴，他就带我去他父亲工作的招待所玩，当晚我就住在了招待所，也感受了一下他描述的住招待所的舒服。

而我真正了解县城，还是我在县城上高中时。天天在县城，对县城就一天天地熟悉起来。县城有一条街叫文化街，那里有新华书店、邮电局、文化馆，还有川剧院，那里总是充满着文化气息。县城最热闹的街就是南门，因为那里有几家简陋的茶馆和店铺，门前搭了凉棚，附带做一些包子、油条、糕点、小吃以及土产杂品之类的生意。县城另外还有一条街，那是城里的自由市场。每逢赶集，街巷的两边便摆满了各种摊点，锅碗盆勺、米缸面瓮、绳索吊钩、铁器农具、叉耙扫帚、家织土布，可谓是琳琅满目，应有尽有。所以，县城就是县城，虽然比家乡小镇大，比家乡小镇繁华热闹，但在我的心中县城也不再遥远了。

对县城熟悉了，当然就觉得省城太遥远了。在我高中毕业后，我去到省城上大学，真正地认识了省城，省城很大，

高楼大厦，车多人多。什么涮火锅、在茶楼打麻将、在老茶馆看川戏、在府南河边玩"干瞪眼"纸牌，有岁数大的老人在公园、巷角下棋，有钱人晚上在领事馆路、棕北小区一带的酒吧、咖啡馆喝着洋酒咖啡，年轻人疯狂地蹦迪……省城的生活，在我这个外地人眼里，都是会令我向往的。我在省城里度过了快乐的四年读书时光，让我觉得省城也不再遥远了。

在我大学毕业回到县城工作后，也经常因为出差而去到以前认为太遥远的地方，比如去到北京的天安门，心中自然想到小时在课本上读到的《我爱北京天安门》；去到杭州西湖，自然想到许仙和白娘子的传说；去到苏州，自然想到苏州评弹及园林美景；去到云南大理，自然想到电影《五朵金花》中蝴蝶泉边那浪漫的爱情故事……仿佛以前觉得遥远的地方都不再遥远了。

如今，在县城生活了多年的我，仿佛觉得家乡却遥远了。虽然，逢年过节都要回乡下老家，但每次回老家后总觉得陌生。每次回到乡下，都会四处看看，到处走走，慢慢品味泥土的芬芳，细细感受阳光的美丽。当在田间散步时，觉得田里的秧苗突然变成正在抽穗的稻子；去山坡上看风景，觉得土里的玉米突然从地里钻出来似的，一下子就结上了大大的玉米棒子；去村里走走，还不时问父亲，那边新修的楼房是哪家的，对面那幢小洋楼是多久修起的？偶尔碰到小时候一起玩的小伙伴，仿佛再也没有了那种亲密无间的感觉，而只是淡淡的一笑，毕恭毕敬地问一声："你多久回来的？"

家乡变得遥远了，但那却是生我养我的家乡，我时常透

114

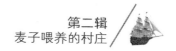

过城市的高楼大厦、灯红酒绿，站在岁月的边缘回望家乡。在那里，总有一些血脉相连、恩情相融、水亲土亲的人，还有那抱过我，亲昵地呼唤过我的乳名，讲出我小时候一些可爱的举止、一些可笑的往事的人。在那里，还有一起在小河里摸鱼，在田埂上造房子，在草垛里抓老鼠，在院子里捉迷藏，又一路勾肩搭背去上学的儿时玩伴……从此，一切都变成了遥远的记忆。

　　由此，那些让我常感到不再遥远的，比如县城、省城，反而觉得更加的遥远，甚至遥不可及。相反的那些常让我感到遥远的，如家乡、乡情，却让我感到更加亲近，因为那些在岁月中滤去了浮躁的杂质，留在我心底那是对家乡永不变色永不变味的思念和热爱！

秋　天

　　转眼间，又是秋天了。经过春的绚丽，夏的热烈，秋天用温柔平和给人们带来一片清凉。

　　在这秋天里，不管是在地里干活或是田间漫步，都有微风悄悄吹来，送来凉爽带来欢心，经过一个夏天的闷热，一下子也像小鸟一样在田间翻飞跳跃，那沉寂了一个季节的乡间，也似乎变得热闹起来，因为秋天不仅只是凉爽，更是地里的庄稼成熟了而处处飘香。人们站在田地边，放眼望去，一幅生动的秋日丰收图映入眼帘：田地里，高粱涨红了脸，稻谷压弯了腰；院坝边，梨树上的果子也成熟了……看着这个成熟的秋天，闻着醉人的飘香，人们在尽情享受着丰收的喜悦。

　　在我的记忆中，秋天充满着浪漫。山间有永远也散不尽的雾笼罩着，那经过努力攀升的太阳要到中午才照进山里，小伙伴们常常在雾中捉迷藏，人在雾中跑，欢笑声在山间回荡，等到玩累了时，再去偷摘一个梨子吃，也不会被人看见。等到太阳照亮山野时，已是中午时分了，我便躺在那河岸边的草坪上，望着天空中那碎絮似的白云，悠游而舒展地飘浮着，还十分惬意地说一句："秋天真好！"

　　这时，人们便高兴地去到田野里，开始秋收。首先是去

116

到田埂上收割沉甸甸的高粱，这是在为收割田里的稻子做准备，因为好让田埂在收获稻子时畅通无阻。在忙碌了好一阵后，做累了也口渴了，便跑到院前的梨树上去摘几个梨来吃，啃一口甜甜的解渴又开心。难怪文人墨客形容秋天的词语常用"秋风送爽""硕果盈枝"，这便不难想象到，秋天不但是一个硕果累累的秋天，更是一个富有诗情画意的秋天。

秋天最热闹也最有生气的就是在田野收割稻子了。农谚道："立秋十天满田黄"。一般都是三两家人换活儿，男人们在田里割谷子的努力割、扎谷子的使劲扎、挑谷子回晒坝地来回往返地挑……总之分工明确，又看似合作得那么完美，有说有笑，笑声在扎谷声中显得是那么和谐。妇女们一边帮着做饭一边在晒坝晒谷子，忙碌而愉快，因为平时很难在一起拉家常，这时打开了的话茬儿似乎再也无法停下来，说话声一拨高过一拨，小院顿时变得热闹而温馨。

当田里的稻谷收割完了后，秋天的太阳也变得温和了许多，男人们便赶着牛下到田里犁田，因为有"七月犁田一碗油，八月犁田半碗油"的说法，实则是在秋雨来临前把田整饬好，方便蓄水，在来年开春又好播种。妇女们则在晒坝晒谷子，这时的晒坝似乎就成了秋天最美丽的风景了，穿得花花绿绿的女人们，在金黄的谷子的映衬下，显得更加耀眼，更加美丽，她们欢快的笑声，在秋天的阳光下格外的悦耳动听。

人们把晒干了的谷子装进粮仓之后，院坝也像田野一样显得格外的空旷。秋夜里，在那明净如水的月光下，一家人

坐在坝子里在晚风的吹拂下，感受着收获带来的欢愉。仿佛在心里计划着，丰收了卖了粮食又该去添置几样新家具了，才能与新修的楼房相匹配。也该给在省城打工的儿子儿媳送一袋新米去，也让他们品尝品尝收获的喜悦。

也有人去到刚收割完的田野上走走，刚收割完稻谷的田野显得空空荡荡的，那还未散尽的稻香随着徐徐的秋风扑鼻而来，前面不远的地里的苞谷林"窸窸窣窣"的响，那是秋风吹动苞谷叶相互的碰撞，更是欢心与喜悦的碰撞，使得心中乐滋滋的。抬头看看天空，繁星点点，月光却含情脉脉地照在大地上，虽然没有春那样妩媚，没有夏那样刚烈，但却显得成熟而温柔，给人一片柔情，一个梦想。

突然间天空就飘来一场秋雨，秋天的雨不温柔，也不热烈，慢悠悠地飘洒而来。人们似乎跟这秋雨一样，也显得悠悠闲闲的，不是泡上一碗茶独自在院子里坐坐，就是跑去村口的老院子里与人一边喝酒一边聊天，雨不但浸润了干渴的田野，更像是在浸润着人们的心灵。虽然雨水洗去了收获后的热闹与烦琐，但却洗不去人们心中的喜悦与温馨。可在一连下了好几天雨后，那刚整好的田里也蓄上了水，就像蓄上了明年播种的希望。高兴之余，人们似乎这才发现秋天凉爽了许多，秋天也深邃了许多，秋天的色彩更是浓艳了许多。

于是，人们去到田间地头劳作时，才发现山坡上红、黄、灰色的干叶铺了一地，踩在枯干的叶上，发出"咯吱咯吱"的声响。林间还有一些雀鸟在跳跃啼鸣，更显出林中的寂静。田边地头的野菊花开了，一簇簇，一丛丛，一片片，纽扣一般的小朵，密密地簇在藤茎上，鹅黄色，在

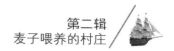

秋阳的光照下，耀眼明亮；那片林子里的几棵枫树的叶子，也由深绿转为浅红，由浅红又转为深红，在秋天深蓝的天空的衬托下，红枫叶像一把巨大的火炬，在秋阳中熊熊燃烧！

秋天，被秋阳燃烧得五彩斑斓！

腊月的记忆

热闹的腊月

在我的记忆中，农家小院里最热闹的还算腊月。

除了过年过节，或者红白喜事偶尔热闹几天的农家小院，仿佛一下子变得热闹起来了，因为在腊月里家家户户都要杀年猪。杀年猪那天，首先要请上亲朋好友，左邻右舍来吃"刨猪汤"，同时还要请上几个身强力壮的男人前来帮忙。于是，他们不管手里有多重的活儿，大家都愿意前来帮忙。其实，杀年猪也不是什么大事，也不用到这么多人帮忙，可就是主人家希望人多图个热闹。

一大清早，前来帮忙的人就在院坝用砖头砌上一个土灶，一口大铁锅里添上满满一锅水，开始烧水，然后就是杀猪匠的一阵忙乎，大人们的笑声、孩子们的欢笑、老年人的唠叨声……使小院里充满着节日般的热闹。

最热闹的还是在一切忙活完了后开席时，大家开心地喝酒高兴地说话，天南地北地乱侃，开始还能扣上今儿个杀猪的主题，后来就偏离主题了，什么今年的收成、春节的安排、来年的计划，小到周边七荤八素的新闻，大到国家时事，甚至还有少儿不宜的笑话，等等。这时，有人听得津津有味，有人在大块吃肉，也有人在大口喝酒……主人家也特别高兴，因为在人们的心里，杀年猪就是过节。随后，你杀年猪请我，我杀年猪请你，不光是小院热闹起来，就是整个乡村也此起彼伏地热闹起来。

腊月就这样热闹闹的，就这样让乡下人心里热乎乎的。

香香的腊月

在腊月里，年猪一杀，人们就开始办年货了。

每到赶集天，因为大家都急着办年货，小镇上就特别的热闹和拥挤，人们根据自家的情况，有买的、有卖的，一把青菜、一筐萝卜、一捆香葱、一把粉条、一筐土豆……寒冷抵不过人们的热情，肩挑背驮的人们敞开了胸怀，有的干脆甩掉棉袄，飕飕的寒风中，他们身上却冒着热气，还不时相互打着招呼，相互欣赏着自己精挑细选的"佳品"。

在我的记忆中，每到腊月，不管家里再穷，母亲也要想出办法办些年货，以前似乎买些简单的粉条、海带、水饺、汤圆等，后来生活好了，就要买些香肠、黄花、木耳、花生、糖果……同时，还要专门买些孩子们喜欢吃的米花糖、瓜子等，因为在过年时好让前来玩耍的小孩子吃。当然，这些东西买回来，也不一定要等过年才吃，而是我们可以随便拿来吃，平时节俭的母亲，也不会骂我们，因为这是在腊月。

尤其是母亲煮的腊八粥，更是香喷喷。因为吃腊八粥是乡下的习俗，所以母亲再忙也要煮，记得早年我家穷，母亲只能用豇豆、莲豆、小米弄干磨成粉，做成腊八粥让我们

吃。现在母亲煮腊八粥更讲究了，她非常精细地把豇豆里煮不烂的贼豆、虫咬豆挑出去，选配各色大莲豆，还在里边放上花生米、红枣、莲子、核桃仁、葡萄干，以及村里人闻所未闻，叫不上名的干果子，快熟时，倒入纯白糖，搅匀，这样煮成的腊八粥不要说吃，就是看着都香。

为此，腊月在我记忆中，总是这样香喷喷的。

甜甜的腊月

在腊月里，人们的脸上总是有着甜甜的笑容。

腊月还有一个重要的意义，就是象征着一年的结束，新的一年又将开始。忙碌了一年的人们，在这腊月里可以静下心来，在心中悄悄地总结着这一年的成功与失败，成功了心里甜甜的，因为想着明年还会有更大的成功；失败了也甜甜的，因为想着在明年可能就会成功；赚钱了心里也甜甜的，因为心里想着可能明年会赚更多；亏本了心里也甜甜的，因为在心里想到明年肯定又将是一番新景象。

在腊月里，在家的老人期待着在外工作或打工的儿女们早点回家，平时一家人难得在一起团聚，到过年时好开开心心玩儿天，心中就更多了一种美好的期待。在外工作或打工的人，心中最盼望的也是腊月，因为腊月的到来就预示着春节快到了，五一、中秋、国庆都没有时间回家，在春节说什么也要回家看看。于是，心中总是在构想着回家的喜悦，腊月就在期待回家中变得温暖和美好，所以期待也是甜甜的。

尤其是小孩儿更是开心，平时很少带他们上街的父母，在腊月也主动带他们上街，在街上他们要什么父母就笑着给

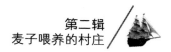

他们买什么。最让他们开心的是，父母带他们去到花花绿绿的服装摊点前，让他们挑选自己最喜爱的衣服，哪怕再贵也要买下。在买好后，孩子们把新买的衣服穿在身上的瞬间，父母开心地笑了。

这笑甜甜的，憧憬也甜甜的。

荷 韵

  我自小爱荷花，不是缘自朱自清的《荷塘月色》，而是缘自我老家的荷塘。

  还是从我记事的时候，就知道我家院前的一个荷塘，荷塘不大，仿佛看上去就只有一块小田这么大，那是生产队用来养鱼的鱼池。但在那些田块中还是比较显眼的，在周围的田里都干涸时，那荷塘里的水却总是满满的；在周围的田里都种上绿绿的庄稼时，那荷塘里的水清清的如一面镜子。尤其是在夏天，荷塘美景更是让人难以忘怀。

  盛夏时节，荷塘里的荷叶仿佛是在一夜之间泛绿，荷花也是在一夜之间飘香。绿绿的叶子出水很高，像亭亭玉立的少女穿着绿色的太阳裙，层层叶片零星点缀着，开放的粉色花朵，花瓣里镶嵌着嫩黄色的莲子芯，并且四周散落着一根根黄色细须，那形状就像太阳一般。微风吹来，送来缕缕清香，叶子和花朵有些颤动，看不见水的颜色，反而更显出荷叶的雅致了。远远看去，小小的荷塘似乎就是一幅画，更像是爷爷神话中的仙境，给人一种很美很美的想象。

  在这荷塘边，我度过了快乐的童年。每当夏天，我便与小伙伴在荷塘边玩，用小泥块在水面打水漂，当那带着我们欢乐的涟漪荡开，而躲藏在荷叶丛中的青蛙却"咚咚"地

钻进了水里，我们拍着手欢笑着，高唱着……在我们玩热了
玩累了后，却一个劲地跳进了水里，火辣辣的阳光照到荷叶
上，绿绿的荷叶就像给我们撑起了一把伞，我们在水中鱼一
样游开了，笑声却从荷塘里飘散开去……

在我上学读书后，在课本里读到朱自清的《荷塘月
色》，也从电影里听到"洪湖水啊浪打浪"优美的歌声，似
乎就是这首歌唱响了"洪湖"，也唱美了我家乡的荷花。由
此，我十分自豪地认为故乡的荷花，一点也不逊色于杨万里
笔下的"接天莲叶无穷碧，映日荷花别样红"，也可以媲美
于李白妙笔生花的"清水出芙蓉，天然去雕饰"，但它却没
有向世人展示的机会，只能默默地花谢花开，独自欢乐独自
陶醉。

我在县城工作后，就很少回老家了。故乡的荷塘却牢
牢地记在我的心中，荷塘里的荷花却亭亭玉立地开在我的梦
里。可在我真正回老家看看时，发现这荷塘再也没人承包
了，干涸得杂草丛生，但那荷叶却依旧那么绿，那"出淤泥
而不染"的荷花，依旧如往日一样地开着。即使让人无法与
记忆中的荷花相比，但还是能感受到"青荷盖绿水，芙蓉披
红鲜"的美景。

前年，在我被邀请参加一个"荷花节"的开幕式时，看
着那经过精心培育的荷花，看着那陶醉在荷花美景的游人，
我却想着故乡的荷塘和荷花。正在深深地感叹之余，来城里
才住了半年多的父亲说，他要回家去承包家乡的荷塘，不管
我们怎么劝说都无济于事。最后，父亲还是收拾了衣服回到
了老家，真的把那荷塘承包了下来。

经过父亲对荷塘进行清淤和整坝，现在荷塘又像以前

125

一样，水灌得满满的、荷叶绿绿的。今年夏天，荷花盛开时，我回到了故乡，又像小时候一样去欣赏着荷塘美景，虽然村里大部分人外出打工了，但荷塘似乎变得那么的悠闲而平和。傍晚，月光如流水一般，静静地泻在这一片片叶子和花上，四围的蛙声、蝉鸣轻轻地响起，让我想起了童年的时光；清晨，薄雾浮在荷叶上，那些荷叶与花朵仿佛从牛奶中刚刚浸泡过，像一层薄纱罩在上面，时而露珠在荷叶上滚动着，时而鱼儿在水中跳跃着，真是让我眼前一亮，一丝欣喜涌上心头。仿佛这还是我记忆里的荷塘，却不再是我记忆里的荷花了，因为此时荷花那美丽的颜色，犹如一支饱蘸乡情的画笔，在花尖上无声的荡开，由表及里，至淡而至浓……

　　一阵风吹来，凉凉的风轻轻地拂过我的脸面，一阵欣喜涌上心间，点缀着我昨夜甜美的梦。

第三辑

生长梦想的村庄

在村庄里，似乎山里人个个都有梦想。梦想就像春天的花朵一般，时时散发出醉人的芳香；更像田里的庄稼一样，在明净如水的月夜里，滋滋地抽穗拔节……有的梦想自己地里的庄稼，比别人地里的庄稼长得好；有的梦想自己新修的房子，跟城里的楼房一样高档；有的梦想去城里打工，发了财成了大款的；更有的梦想自己的儿子考上大学走出这山里的，实现了从祖辈传下来的梦想……

生长梦想的村庄

在村庄里，梦想就像田里的庄稼一样，总被春雨孕育，更被太阳照耀。

不管是太阳爬上树梢的清晨，还是月亮落到水里的夜晚，都会有梦想飘曳；也不管是油菜开了花的春天，还是稻子抽了穗的秋日，都会有梦想点缀；更不管是黑发变成白发，还是背脊弯成弓犁的老人，都会为心中的那个梦想而陶醉，更会为心中有一个梦想而欣慰！

在我的记忆中，父亲是个老实巴交的山里汉子，在那饥饿的年代，父亲最大的梦想就是能让全家吃一顿饱饭。为了实现那个梦想，他拼命地干活，努力挣工分，生活的重负，也没能压垮他的意志，再大的困难，他也能克服。似乎就是那个梦想，支撑着他走过了那段艰难的岁月。

母亲是个普普通通的农村妇女，她也有梦想。每逢过年看见别人的小孩穿上新衣服时，她的梦想是明年我们几兄妹也能穿上同样漂亮的衣服；在我们很小的时候，她总是梦想着我们快快长大。在长大了后，她又梦想着我们能成家立业，结婚生子，重复着祖祖辈辈的生活足迹……母亲似乎就在这个梦想中，幸福而快乐地走过她的大半个人生。如今老了的母亲，她依然在梦想中徜徉，她不图我们能为家里做多

128

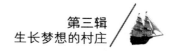

大的贡献，只梦想着一家人能平平安安。

可姨婆的梦想，似乎就一直在那条石板路上延续着。记得不管是凉风习习的清晨，还是月明星稀的夜晚，我总是看见姨婆一个人坐在院坝里，痴痴地望着门前的那条弯弯曲曲的石板路，好像听说姨公就是从这条石板路被抓"壮丁"去了的，之后就再也没有音讯，也不知多少次听见别人劝姨婆改嫁，可每次总是听她回答说："我昨晚做了一个梦，梦见他从这条石板路回来了。"

就这样，姨婆一直等待着，梦想着，直到她和姨公生下的儿子长大了，儿子的儿子又长大了又有了儿子时，姨婆仍在梦想着姨公能从这条石板路上回来，直到最后临死的时候，她说："我终于把他等回来了！"说罢，就永远闭上了眼睛。

跟姨婆有着同样的"梦想"的，就是村里的刘三爷了。听说刘三爷一直对姨婆好，在姨公被抓"壮丁"后，他就一直帮姨婆干农活，犁牛打耙，栽秧打谷，都是他来帮姨婆做，他的这份心思年轻的姨婆当然明白，可就是谁也没有把这事说穿，就这样各自沉浸在各自的梦想里。

每当夜幕降临，刘三爷便在村口那棵树下等——等待月亮升起，等待星星挂满天空，等待着心中的那个梦想在这月夜里，渐渐地变得浓浓的变得美滋滋的就像这美丽的月夜一样，点缀着他那孤独而浪漫的一生。直到临死的时候，他始终落不下最后那口气，大家都不知道他还在想着什么，只有年老了的姨婆明白，她走过去哭着说："你安心去吧！其实，你的心思我早就明白……"就这么一句话，让刘三爷终于含着微笑走了。

　　在村庄里，似乎山里人个个都有梦想。梦想就像春天的花朵一般，时时散发出醉人的芳香；更像田里的庄稼一样，在明净如水的月夜里，滋滋地抽穗拔节……有的梦想自己地里的庄稼，比别人地里的庄稼长得好的；有的梦想自己新修的房子，跟城里的楼房一样高档的；有的梦想去城里打工，发了财成了大款；更有的梦想自己的儿子考上大学走出这山里的，实现祖辈传下的梦想；也有丈夫出去打工而留守家中的妇女，又继承了姨婆一样的梦想的；也有一些光棍汉做着跟刘三爷一样的梦，而最终让这梦想点缀着他那孤独而浪漫的人生的……

　　啊，在村庄里，梦想就像田里的庄稼一样，总被春雨滋润得绿油油的，更被阳光照耀得金灿灿的！

院　落

　　暖暖的阳光映照着，乡村院落显得错落有致，充满着生机。

　　乡村小院房连着房，院连着院，房屋新旧交替，高低不一。每天清晨，当一缕缕炊烟从院落里飘出，人们就开始一天的忙碌了，扛着锄头下地干活的，有说有笑地去田野；牵着牛上坡的小孩，似乎还在揉着还未睡醒的眼睛；从院落里传出的母亲叫儿子起床的声，像动听的乐曲在晨曦中飘散开去。

　　如果在山坡上干活，累了坐下来歇息一会儿，抬头向山下望去，猛然发现乡村院落就是一幅很美的图画，镶嵌在山水田园之间，平时看似隔得很远的，却看似很近了。平日里看似零乱的地方，却显得那样的整洁，那样的别致。院落就是人们赖以生存的地方，也是人们生生繁衍的地方。

　　只要一有空，他们就把院落打扫得干干净净，收拾得整整齐齐，院里树枝上的鸟儿总是在树上"叽叽喳喳"地欢叫，鸡、鸭总是时不时回到院里"咕咕"地寻觅食物，圈里的猪"哼哼"地叫着要食，牛、羊等着主人添草加料，猫儿则上蹿下跳，在院落与房屋之间撒着欢儿。

　　一般情况下，乡村院落就像一个老人一样，守护着寂寞

131

和宁静。也有在坡上干活的三两个农人，走来小院里坐坐，聊聊天，说说村里或外面新近发生的趣事。多半时间，是三五个女人坐在小院里，一边织毛衣或一边纳鞋底，一边拉家常，说笑声一声高过一声。

谁家有个红白喜事时，小小的院落就热闹起来了。亲朋好友都聚集在小院里，四处借桌子、借板凳，就能凸显出小院不同寻常的欢乐。几十张大木桌，紧挨着摆满整个院坝，一口大铁锅热气腾腾，几个大蒸笼呼哧呼哧地喘着粗气，村里的男女老少都赶来了，有的帮着忙这忙那，有的却坐在桌前高兴地聊天。不一会儿，在乡村厨师的那一声粗犷而洪亮的"开——席——啰！"高喊声，所有人便开始入座，所有人都围坐在桌边，鞭炮声、唢呐声从院里飘出，人们品味着这小院里飘荡着的馨香，浸透着的欢乐。

乡村院落里，也浸透人们耕种收获的欢愉。春天人们把种子连同希望从小院里带去地里播种。五月地里的麦子熟了，金黄金黄的麦子就从地里收割回来，堆放在院落里，不光是麦子让人喜欢，就是堆积如山的麦草也让人高兴；八月田里的稻子熟了，人们从田里将稻谷打回来，放在院坝里晒，整个小院里飘浮着稻谷的馨香，回荡着人们为丰收而喜悦的笑声……

尤其是夜晚，一轮明月高高地挂在了山梁上，柔柔的月色映照着乡村院落，乡村院里就充满着欢乐。老人们坐在院坝里给小孙子讲着故事，女人们在屋里忙着做饭，那忙碌的脚步声合着唠叨声，让院里变得热闹而温馨；累了一天的男人们，这时坐在院落里不起眼的角落，默默地抽着烟。突然几声狗叫，偶尔有人来串门，男人倒上酒，一杯老白干，浸

132

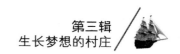

泡出农家欢乐的话题。女人们拉拉家常，话题一打开，将乡间平常的日子描绘得有色有声，一切都显得那么和谐，也那么美丽。

此时，从院落里传出的欢乐，也像月光一样浸透着田野，从院落里飘出的欢笑声，久久地在山村里回荡。

难忘扯麦粑

又是麦子成熟的时季，我却想起乡下的扯麦粑。

乡下的扯麦粑，是平凡得不能再平凡的食品，却装满了我童年的记忆，每当从地里种下麦子后，就对麦子充满着希望与梦想，这些梦想与希望不是像月光一样的虚幻，而是像麦子一样实实在在的渴望，因为那时只知道在麦子熟了后，可以好好地吃一顿扯麦粑了。

于是，就像盼望自己快点长大一样，盼望着地里的麦子成熟。因为在我幼年时，那时我们家穷，因为兄妹多，全靠父母在队上挣工分分的粮食哪里够得了吃呢，尤其是在过了年后的二三月间，正是我家粮食青黄不接的时候，几乎靠烂红薯片加稀饭充饥，而扯麦粑，那时却是梦想中的"美味佳肴"。

当初夏那火辣辣的阳光将地里的麦子烤熟了，金黄金黄的麦子便在风中摇晃着，我看见大人们手里拿着磨得亮亮的镰刀，脸上带着开心的微笑在收割着麦子，放学后的我们也在麦田里打闹，在麦草丛中捉迷藏……那高兴的心情并不亚于大人们。在麦子收回去后，队里安排晒坝不再晒别的，只晒麦子，好将麦子接连几个晴天晒干后，就一家分一袋麦子回家，这分麦子的场面也是最热闹的，大人笑着，小孩

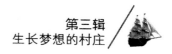

跳着……

随后，山村里灯火通明，家家户户点着煤油灯，利用自家的石磨将麦子磨成面粉，石磨转动的声音，一家大大小小说笑的声音……将小山村点缀得格外的温馨和美丽。当晚，大多数人家用这麦面做扯麦粑吃。我母亲每当这晚是最大方的，扯麦粑做得多多的，让全家人吃个饱吃个够，更是吃个开心。当然，在这一顿之后，母亲却不再这样大方了，更是精打细算，总是隔三岔五做点扯麦粑吃，每次我们几兄妹只能一人一小碗，他们是用麦粑汤泡烂红薯片吃，那吃扯麦粑的情景却总让我们回味。

在土地承包后，由于我父亲是干活的好手，在他的勤耕苦做下，每年麦子成熟后，我家地里那金黄金黄的麦子在风中摇曳着，晃得我们全家都十分高兴地忙着收割麦子，一袋又一袋的麦子总是堆了半间屋子。然后，便挑着麦子去队上机器加工房磨成面粉，这比石磨磨的面粉细好多也白好多，让全家人看在眼里，更是喜在心头。

能干贤惠的母亲更是展示她的厨艺，她用这新收的麦子磨成的面粉来做馒头、包子，还有只有在北方才能吃到的水饺等，我们明白母亲的用心：她是翻着新想让我们吃饱，更想让我们吃好。可不管母亲做的馒头、包子、水饺怎的好吃，全家人也只吃几次就不想吃了，唯独扯麦粑，总让我们吃不够似的。

几十年过去了，我们几兄妹长大了，都在县城工作或经商，平时在餐馆里用餐，总要点一个扯麦粑，这让别人不理解。而我对扯麦粑的情有独钟，也许是因为它伴随我度过了那个饥饿的年代。

前不久，与我们一起在城里生活了多年的母亲，回了一次老家，乡下的二叔送给她土鸡蛋、腊肉、香肠等，母亲除了收下一小袋新鲜面粉，什么也没有要。在母亲带回家后，当晚就做了好多扯麦粑，让全家人吃得十分开心，就连我那平时挑食的儿子也吃了好多。

如今，城里的好多餐馆里都有扯麦粑、玉米粥、野菜等所谓"特色菜"，这些"特色菜"似乎让越来越多的人喜欢了。我想，喜欢它不是因为它曾点缀着我们那时的记忆，更不因为它曾经喂养过我们那时饥饿的童年。也许是因为它来自于乡间，带来了乡间的淳朴。

扯麦粑，我儿时梦中的"美味佳肴"，如今却让我永远难忘！

楼下那棵树

我在城里漂泊多年，像一根稻草一样居无定所，多么期盼着在城里能有一套属于自己的房子。前几年，我终于梦想成真，有了一套属于自己的房子。虽然这是一个新开发的小区，在那幢幢水泥和钢筋铸就的小区里，那棵槐树跟新栽的许多树和花草一样，来到了这个新建的小区，给这里增添了一丝情韵和绿意，更成为小区里的一道风景。

没有人去追问这棵槐树是从哪里搬来的，也没有人知道它以前经历些什么？说不准它也跟我一样，出生在乡下，生长在乡间，沐浴过乡下淳朴的乡风，感觉过耕种收获的欢愉，最后却不经意就来到了城市，在城市里像我一样也居无所地漂泊过，最后终于来到了这里。这棵树有着极强的生命力，与它同时移栽过来的树中，有的因不适应这里的环境而枯死，有的即使活下来也懒洋洋地生长。而这棵树，却很快成活了，而且长得很茂盛。

去年开春，这棵槐树跟其他树木一样，那光秃秃的枝丫间，悄悄地冒出嫩芽，不久就长满了一树新叶，整个树也变得绿绿的，给小区里增添了一道春天的美景。于是，小区里的人们纷纷来到那棵树下，在椅子上坐坐，在小区里走走，或说或笑，心里十分舒畅；一些老人在树下的石桌上下棋聊

天，其乐融融；小孩们在树下玩耍，你追我跑、蹦蹦跳跳，快乐无比。

因为我家住在二楼，我的窗口恰恰对着那棵树，对那树更是情有独钟。每天早上起来，推开窗子，第一眼就看见那棵树，树叶似乎在风中摆动，一滴滴露珠从叶尖上滴落，鸟儿在树上飞来跳去，不时唱着好听的歌；高兴时，我站在窗口看看树，树就像一个知己懂我似的向我微笑；疲倦时，我也抬头去看看窗外的树，树轻松的样子、淡然的姿态，让我羡慕，我便放下手中忙不完的事，去到小区外走走，一切都会变得轻松快乐。

那槐树就像没被搬动、没被移栽过一样，整天生活得自由自在。那被截过的枝干上却长出新的枝条，那看似被修整过的树，又长出它自己的形状，在绿叶的点缀下，树显得特别的茂盛、高大、粗壮、翁郁，树冠张开，如巨大的伞，凡覆盖之处，都变成了一片绿荫，给人一片清凉。阳光从树杈间穿过，落在地上却变成了一幅美丽的图画，细碎、精美、大气。树上的每一片叶，都似乎是一只调皮的眼，一颗闪烁着绿光的星。

有一天，乡下的父亲来到城里，当他走近小区时，第一眼就认出了这棵槐树，就是我们乡下村口的那棵，因为这棵树伴着他日出而作日落而息，伴随他春种秋收，也与他一样经历过岁月的风风雨雨，知晓他心中喜怒哀乐。我问父亲真的是我们村口那棵树吗？父亲肯定地回答说，没错，就是那棵树，因为我一看见它，就感到特别亲切。最后，父亲告诉我，因为前几年村里建设新农村，开发商选好了那一片地，那棵槐树就在那片地的中间，先前大家说好的，在修建时要

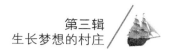

保留那棵树，可在具体施工时，那棵树就被人悄悄地挖走了，后来就不知去向了。

一直是上午来下午就忙着回去的父亲，这次却破例在我家住了几天。每天他都去到楼下的那棵树下，坐坐、走走、看看，仿佛在这陌生的城市里，他见到了一位久别的老朋友一样，总有一些说不完的话，总有一些难以言表的欢愉。临走时，他还在这棵树下站立了好一阵儿，真有点难舍难分。我真不知道，父亲对这棵树为什么有如此深的感情，也许是在乡下那孤独艰苦的日子里，只有这棵树最懂他心中的甜和苦，也只有他最懂树的欢乐，这棵树就是他精神的支撑。

在知道这棵树的来历后，我对这棵树更充满了感情。我每天上下班都经过它身边，它就像一位朋友或亲人，总是用慈祥的目光目送着我出门，用亲切的微笑迎接我回家。在这座城市里，似乎因为它而让我有了家的感觉。尽管这棵树是生活在城市，但它对城市里的灯红酒绿、物欲横流，却丝毫不动心。有时一辆豪车开进来，有意展示般地停在它身边，不知迎来小区里多少人羡慕的目光，树却只一笑了之；有时一个穿金戴银的女人来到树下，在朋友面前显露她多么富有，也让小区里多少人为之向往，树也一样毫不动心；有时一个大老板喝了酒坐在这里，口中不停地大声说着他挣了多少钱，就是小区里所有的人都听见了，树也像没听见一样，依然快乐地生活在属于它自己的生活中。

与城里移栽来的其他高贵的树相比，这棵槐树也太普通，正因它普通，不为名利所累，不为别人赋予它更多的意义而困惑，所以它生活得有滋有味。它虽然离开了故土，但来到这个喧嚣的城市，仍静静地长生，仍实实在在地生活，

没有变成供人欣赏的花，更没有变成随风倒的草，树完全属于它自己。根在地下蔓延，无所拘囿，枝在空中伸展，毫无顾忌。从容、淡然，以它自己的方式生长着，真实而深刻，粗犷而大气。

　　每到早上或晚上，人们纷纷来到那棵树下，坐坐、走走、说说、笑笑，也有一群老年人在那跳健身舞，在动听的音乐声中，树似乎也在微风中舞动着；在周末，一群孩子拿着书来到树下，清晨的小区里读书声特别的嘹亮。在暖暖的阳光下，一对对情侣也来到那棵树下，开心地聊天散步。而我，更是与这棵树结下了不解之缘，因为有了这棵树，我的生活充满了梦想和阳光。

正月的乡村

从初一穿上崭新的新衣服出门玩耍时，正月的乡村就在自己发自内心的高兴里微笑；就是与从外地赶回来过年的亲人们一同走亲访友时，正月的乡村就被头顶上崭新的阳光，打扮得有如新娘般从头到脚都是新的。

正月的乡村，就像一位贤惠的媳妇，处处都含着笑脸，时时都显出温情，不管是在新修的崭新漂亮的洋房楼院，还是在打扫得干干净净的老屋寒舍，处处都充满着祥和喜庆的气氛，不管认识与不认识的人来到小院里，都像贵客一样款待，又是倒茶又是拿糖果，几句话就谈得开开心心，因为正月这种气氛就给人一种特有的亲切。那玩狮舞、耍龙灯的随处可见，仿佛要把正月的乡村闹得红红火火、甜甜蜜蜜的。尤其是从来舍不得闲几天的乡下人，这时也把手中的活儿放下，因为这时大家都闲下心来耍上几天，如果有谁舍不得活计儿，总被人劝道"正月间嘛，总得耍两天吧？"这一劝，让人多少有点儿不自在，便干脆带着小孩看热闹去。

正月的乡村，走亲访友的人像赶集一样热闹，大人们往往带着小孩，新婚的丈夫带着妻子，年老的爷爷带着小孙子，从初二就开始走亲戚，晚辈走长辈，女婿走丈母娘，年老的爷爷走舅父，称为"拜年"。这一走让平时很少在一起

141

的亲戚朋友更多了一些亲近，也就是新的一年开始了，晚辈给长辈送去问候与祝福，而长辈也要给小孩拿"拜年钱"（又称"压岁钱"），小孩们这时特别的高兴，也特别的"富有"，大人们看着小孩高兴自己也高兴，这时不管大人小孩的脸上总是挂着笑容，凡相识的人，不管在哪里碰见大人们总要问一声"新年好！"小孩们总要说一句"拜年啦！"这样，你来我往的，一走正月就差不多过了一半了，可山里人并不忙，因为有"男子走到初七八，女子走到青草发"之说，这大概是因为男人们从正月到立春后的雨水，适当走几天亲戚就该回家准备播种的农事了。而家里妇女没有多大的事儿，走到哪儿总要亲亲热热拉拉家常，直到走到正月底都没人说，也误不了家里的农活。

当然那是以前的事了，而现在大多农村的年轻人都在外打工，他们一般都在正月十五过了大年后，就得收拾行李匆匆起程，家里的老父老母只能依依不舍地为儿女们送行，反复叮嘱道："路上一定要小心，今年正月的天气好，一定是个出门挣钱的好兆头！"小孩拉着父母的手说："等过年回来给我买更好的衣服，还要买很多好吃的、好玩的，一定记住啊！"

正月还有一个重要的意义，一般在正月初几就立春了，正有"一年之计在于春"之说，正月就是一年的开始，不管你从事什么职业，不管你将要去何地，这时每个人心中似乎都早已拟定了一个目标，为自己拟定了一条航线，对自己在新一年里的事业怀着许多梦想与憧憬，对自己新的一年充满了希望与期待。这时，正月的乡村，就如同初春那崭新而醉人的阳光，让你感受到暖暖的浓浓的春天的气息，让你从头

142

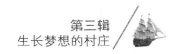

到脚都变成一个全新的自己。

　　难怪老人们望着处处充满微笑与温馨的小院，连声说道："要是天天都过年，该有多幸福啊！"小孩们数着手中的"拜年钱"高兴地说道："要是天天都是大年初一，那才好呢！"大人们看着自己从头到脚，从外表到心里，从希望到梦想都是新的，打心眼里说道："要是每天都像正月一样，高高兴兴，快快乐乐，对未来充满期盼与憧憬，人生该有多好呀！"

　　由此，正月的乡村，让人发自内心地欢笑，让人在对新的一年充满的希望与梦想里摇曳！

老　街

　　老街很老，老得谁也说不清楚它的历史。

　　在这条老街上，老人们迎着那初升的太阳，不约而同地来到老街上的茶馆里，泡上一碗茶，然后一边喝茶一边聊天，有滋有味地开始着他们新的一天的生活。他们中的大多数人是这条街上很有名望的手艺人，有打铁的铁匠，有编篾货的篾匠，也有做木工的木匠……他们似乎因老街的繁荣而风光过。

　　那已经失去了往日繁华的老街，似乎显得特别的清闲而寂静，小鸟们却在街上翻飞着、跳跃着、歌唱着，古老的木桌、木凳，更是点缀出老街的古朴，唱几句京戏，哼两声戏曲，显示出老街的悠闲。随后，老人们又开始着每天都重复着的话题："当年我打的镰刀、菜刀，那是用上十年八年都一个样！""当年我编的箩筐、背篓现在无人能比！""当年我做的家具，可以说是远近闻名！"

　　说的虽然是一些每天都在重复的老话题，但在他们饱含深情的讲述中，却正如这照耀在老街上的阳光一样，每天都充满着崭新的色彩。"当年我打的镰刀、菜刀，人人都说好用，哪像现在机器生产的，表面光洁，可用不了几天就不行了。而我打的锄头，更有特色，力气大的给他打重点，让他

144

一锄就挖个尺把深。力气小的就给他打轻点，但再轻也不能太轻，出去干活时才像个男子汉嘛！"铁匠又自豪地说。

"当年我编的箩筐、背篼，只要在这街上一放，就一抢而光，个个都说我编的箩筐密实，不说不漏谷子就是糠都不漏。而我编的背篼呢更是小巧，妇女们背起去割猪草时，轻巧又顺手。可现在公路修到了农民家门口，土地又成片承包搞新型农业了，打谷子不用人挑而用车拉了，再说农民出去打工的多，喂猪的少了，也没多少人用背篼了，我也失业了。"篾匠有些悲哀地说。

"当年我做的桌子板凳，衣箱柜子，更是抢手。不说别的，就是前后几十里远的不管街上或是农村，哪家没用过我做的家具呢！谁家嫁闺女娶媳妇，哪个不是来我店铺里来买家具呢！有人家要修房子时，还得提前十天半月来请我，不然还真请不到我呢！可现在修房子修的是小洋楼都用预制板，嫁闺女娶媳妇都买新式家具了，没想到我这么好的手艺今天还无用武之地了。"木匠说完，深深地叹了口气。

就这样你一言我一语地说着，有自豪、有悲哀、更有叹息，老街似乎就在他们那永远也说不完的话语中，又显现出当年的繁华。一个接一个的店铺里各种商品应有尽有，街面上卖箩筐背篼的，卖桌子板凳的，卖小玩意杂耍的……也一个接一个，但最耀眼的是这街头的铁匠铺和街尾的木匠铺，当年那个铁匠似乎不管是三伏或是三九都裸露胳膊，迸发出全身激情；当年那个做工精细的木匠，正在聚精会神地雕刻幸福，打磨笑声……

老街，似乎在与外面的新街相比，显得古朴而宁静，就像这些昔日的很有名望的手艺人一样，尽情地享受着沉淀在

记忆里的美好时光。仿佛耳畔又响起了叮叮当当的铁锤声，又出现了人们购买箩筐背篼时的欢笑声，又回响着木匠游走在街道与乡村间的脚步声……

后来，老街又变成了新街，他们那每天都重复着的话题连同他们当年的手艺，消失在车水马龙中，消失在高楼林立里……

啊，老街很老，老得似乎就是一部十分久远的历史！

回不去的故乡

　　多年前，我赤着脚怀揣着梦想，带着对外面世界的向往，沿着那条弯曲的山路走出故乡，那时的故乡虽然有我童年和少年美好的记忆，但它贫穷和落后让我有一种总想离开它的想法，仿佛只要从这里走出去，就是另一片天地，另一种人生。

　　我就独自去到外面打工，在建筑工地上努力干活，可高楼修了一幢又一幢，就是没有我的一套房子；在工厂里加班加点工作，生产的汽车配件无数，却买不起一辆汽车；从这个城市走向那个城市，奔波于一个又一个城市，却在城市里没有找到属于自己的天地。虽然城市的灯红酒绿让我迷恋，外面世界的精彩让我迷茫，在这背负着梦想的旅途中，总有一些磕磕碰碰，总有些不如意。我就更加对故乡牵挂起来。在夜幕降临时想着故乡，思念着故乡的亲人和儿时的玩伴，故乡就变得亲切、善良、美丽、厚重。

　　其实，我的家境也不是很好，老家那几间破旧的土屋，说不定哪天就会塌下来，当时我想为什么这样的房子也要住，何不搬出去修上几间好一点的砖瓦房呢？虽然住的是破旧的土屋，但我的童年还是很快乐的，村子边有一条大河，我们也算是水边长大的孩子，自然与水有着天生的情缘。夏

147

天的河滩是我和小伙伴最喜欢的去处，每天太阳一升起来，小伙伴们就飞奔着来到河滩，捡鹅卵石，堆小沙丘，热了就跳到河里洗澡，从上游很远的一块大岩石上纵身跳下，奋力游到河中央，再顺着水流漂到下游，在下游龙滩口的地方又游回到岸边，我们在水里打闹嬉戏的情景让我记忆犹新……

故乡变了，变得翻天覆地。楼房、别墅，鳞次栉比，将原本就巴掌大的一个小山坳挤得满满当当，而且越是新建的越是高大，大有一争高下之势。平坦的水泥路浇到了每家每户的门口，转弯处都接了路灯，方便了夜晚行走，当年掩映在绿树翠竹之间的低矮的青瓦房和土坯房已不见踪迹，家家户户，房前屋后的梨树、桃树以及那成片成片的翠竹园也不见了。村民进进出出大多是电瓶车、摩托车，甚至小汽车，很少有骑自行车的，肩扛手提更是少见。烧柴火的土灶头已经消失，代之以液化气。

如今，我那在乡下的土屋早已变成了废墟，每每走到土屋前，总是想起以前的情景，仿佛那盏照着母亲补衣服的煤油灯，父亲那十分严肃的不停的说教声，还有那象征着山村生气的鸡鸣狗叫声……仿佛那早已消失在故乡那静静的岁月里。我在村子里随便走走，明显感觉到冷清，村口原有两棵大树，并排长在小溪的两岸，层层叠叠，树上面是鸟的天堂，树下面是村民的乐园。

只要是农闲时节，男人们总是一把躺椅，一壶茶，在树下天南地北地吹牛，女人们在树下补衣服，纳鞋底。我们在树下玩游戏。胆子大的孩子会从山上采来藤蔓挂在两棵大树之间，荡秋千。听说两年前，村干部借口修水泥路需要钱将两棵大树给卖了，从此后，人心散了，鸟儿飞了。大树走

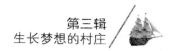

了，清澈的小溪被山上下来的泥沙和村子里的垃圾慢慢填平了，如今只留下一满是污泥的坑了，这些记忆中的往事与眼前的情景，却让我不知是感到高兴还是伤心。

偶尔遇到一两位老人，寒暄之间得知，儿女们都外出打工了，没有特殊情况，一般一年才回来一趟，平时去邮政所取汇款算是跟儿女间唯一的亲近，日常工作最重要的内容就是照顾上学和还没到上学年龄的孙子们。只有过年的几天是村子里最热闹的时候，外出打工的怀揣着一年所得，买年货，添新衣，造新房，娶媳妇。我在村子里转悠了好一阵，孩子们没有一个是认识我的，我也不认识他们。只有在碰到他们的爷爷奶奶时，爷爷奶奶教他们叫我叔叔时，他们才会躲在爷爷奶奶的身后，怯生生地轻轻地叫我一声；还有我儿时的玩伴，见了面大家只是亲切地招呼一声，再也没有那时彼此总有说不完的话了，最后只能像刚刚认识的人一样笑笑，一切都变得那么陌生。

故乡，似乎我再也回不去了，只能完好地保存在我的记忆里！

雨的随想

一

雨从城市的上空悄悄地飘洒而来，那点点滴滴的呢喃，那淅淅沥沥的碎语，那羞怯又含情的眼神，真让每天如鸟般地生活在城市里的人，惊喜不已。

雨，带给城市一片清凉。

雨，让每天都在股市、房价、加薪、晋级中升温的城市，凸显宁静与温馨。

二

沐浴着美妙而动听又若有若无的雨声，让人总觉得这声音太遥远了，就像这雨，从城市的上空飘洒在高高的楼顶上，而居住在楼层里的人，似乎早已感觉不到了雨的亲近。

雨，这大自然的精灵。

雨，这个城市的过客，似乎早已远离了喧嚣的城市，远离了城市里生活的人，因为屋里有空调，花园里有喷水器，这些早已代替它的功能。雨，似乎只有在孤独惆怅中，在失意的境遇中，在李清照的"寻寻觅觅"的词句里，才能让人百般品味。

三

雨，在城市的上空飘洒着，城市里的街道上车辆依旧川流不息，行人依旧来来往往，大商场里依旧热闹非凡……

雨，不知滋润了多少文人墨客的心灵。

"空床卧听南窗雨，谁复挑灯夜补衣。"

"少年听雨歌楼上，红烛昏罗帐。壮年听雨客舟中，江阔云低，断雁叫西风。而今听雨僧庐下，鬓已星星也。悲欢离合总无情，一任阶前点滴到天明。"

"小楼一夜听春雨，明朝深巷卖杏花。"

细雨无声，润物于无声，这雨难道不是在唤起人们对久远了的亲情、友情、爱情的怀念吗?

啊，飘飘洒洒的雨，悠悠的雨，飘了千年，不仅给城市带来清凉，更唤起我一种怀古的情愫。

雨夜的浪漫

今夜的雨仿佛是从李清照的《声声慢·寻寻觅觅》中走来，沿着我的窗外轻轻地飘洒着，让我情不自禁地沿着"寻寻觅觅，冷冷清清，凄凄惨惨戚戚"的意境中，去追寻一段浪漫。

夜已很深，雨仍在下着，梦已将我带去那一段注定没有结果的痴痴地苦恋中，我就这样沿着那条绿荫小道如梦如幻地走着，花草的香味飘荡在空气里，那是我的心充满甜蜜。泥土的味道弥漫在嗅觉里，那是我的梦在雨中游弋。雨水落在水洼里，溅起颗颗珍珠在叶子上滚动，荡漾的纯净清洗着愁绪，想在那尘嚣里寻找到心灵的港湾，想在这寂寞得让人想哭的雨夜里拥有爱情。

寂寞的滴答声伴着雨滴奏响静夜，雨夜的浪漫充盈着激动，清爽宁静的雨如丝丝甘甜润湿着心脉，醉了心间，醉了眉眼。我打着小伞漫步雨中，一串串雨丝在霓虹里变成五彩的水晶链，悬挂在夜空。思绪便随着雨丝神游，我对她那被雨水滋生的情，被夜浸泡的爱，突然在那里疯长，其实看似第一次见她，却不知我在梦里与她相见了多少次，而且还有许多被我想象着的浪漫细节，真如万紫千红繁花似锦……

夜的含蓄随着我一次又一次对她的想象，那些早已被想象浪漫了的细节，将这个夜晚点缀得如此美丽。在那陌生又熟悉的小道上，道边的树像一行行我写给她的情诗，字里行间流露出爱的情怀，流露出渴望与憧憬，我不知道我为什么会爱上她，但我感觉到她的声音很美，有如天籁之音点缀着我寂寞的日子。

也许这是一个没有准备的约会，更是没有来得及打点行装的一次爱的远航。夜色已经很深很深，雨仍在下着，细细的雨丝仿佛是条纹布的幔子，半遮半掩着稀少的路人和行驶的车辆，如一条潺缓熙攘的河流，汩汩流入血液里去了。远处淡淡的街灯摇曳，浅浅耀在清晰而朦胧的路面上，平添了些许静穆与凄清。静心聆听，那湿润的气息就像温柔漂亮的她的脾性——悠然、缠绵，美丽、多情。此时，有如李清照一样充满着古典韵味的她，悄悄向我走来，我和她并排走着，沿着那一段路，慢慢地走着，雨美丽了我的梦境。

路边的树是那样的含情，细雨落在树叶上面，真如"自在飞花轻似梦，无边丝雨细如愁"。我不知此时的雨是为谁而下，下得那么痴情，下得那么缠绵。往日的雨是一种轻愁，今日的雨却是一种享受。相逢似乎就像雨一样没有理由，分不清到底是为什么，可总觉得今夜的雨不同往常，今夜我好爱好爱她，今夜我因她而变得自信和从容，仿佛这爱穿越了千年，更让我追寻了千年。

夜色浓浓的，细雨席卷天穹，墨染的寂静深深停在那条小道上。这时雨点儿洒下点点细吻，吻着她也吻着我，我好想牵着她的手去漫步在这雨中，可初次见面的羞涩却没能手

牵手，仿佛那朦胧的灯光下我看见她娇俏模样，温馨可爱，美丽迷人，充满璀璨的笑靥。层层雨幕在灯光映射里闪闪发亮，一条条灿灿的雨线滑落伞沿，在地上激起一个个跳跃的音符，这雨滴的声音，在我和她并排走着的浪漫中，流动着一曲欢快的调子。

在这样一个难得的雨夜，我将沉寂好久的心放逐，让自己在雨的洗礼中慢慢领悟生命的本真，享受这远离喧嚣的纯洁而美好的时刻。让我们的心灵在雨中接受洗礼，也是一种怅然的浪漫。雨点犹如跳动的精灵，拨动了我和她心海中很深的悸动，不经意的触摸，带来的竟然是一片涛声，相逢就是这样的让人感动。

随后，我们到一个很温馨的地方，在那里让我的欲望膨胀，仿佛很多事情顺理成章，可她却起身走了出去，回到了属于她的生活中。因为不管我多么爱她，她原本就不属于我，她的到来仿佛就是一场邂逅。人很多时候总是生活在矛盾之中，总是在犹豫和憧憬的困惑中彷徨。渴望热烈又惧怕热烈，享受寂寞却不甘心寂寞……有很多时候又像走在一条世俗的单行道上，走不远也回不去，烦恼不请自来，寂寞如影随形。

随后，她说她要回家，我沿着来的那条小道送她。此时，我们再没有更多的话语，只有细雨声淅淅沥沥。有人说，人之所以痛苦，是因为追求的太多，人之所以心累，是因为想要的太多，人之所以不快乐，是因为计较的太多。我不知道我的累和孤寂，是因为想要的东西太多，还是太过于追求完美，因此而失落，因此而迷茫。

此时，我知道她这一去，就再也不会回来，这一去就永远消失在我的梦中。我尽力寻找平日里常用到的词来安慰自己：尊重、珍惜、理解、宽容，可没有一个能形容我此时的心情。怕伤害却常常被伤害，怕寂寞却不得不面对寂寞，这就是生活的赐予吗？

于是，我没有回家，却去到一家茶楼泡一杯菊花茶，一个人独自坐坐，一个人尽情地回味，也一个人悄悄地流泪……茶的清香中便夹杂进了菊的优雅。一片片碧绿的嫩芽在沸水中缓缓地舒展、慢慢地下沉，细小如黄玉一般的野菊花，便在舒展的绿叶间滚动，给人赏心悦目的同时，还带来了一份平心静气的思考，今晚我是不是迷失了自己？

在袅袅升腾的氤氲雾气中，在窗外沙沙的雨声中，茶和菊如此自然地融合在一起，散发着别样的清芬，像我这一个为爱而失落的人，为从此永远失去一个我此生最爱的人，不是借酒消愁而是以茶代酒，那算不算是一种情感的发泄，算不算是苦涩的升华？

夜张开思念的翅膀，朦胧了我的心事，美丽了我的渴望，拂去了我的忧伤，仿佛美丽的她带着浅浅的笑意，带着美丽和从容，在我心中永远驻足。此时，我多么希望回到从前，回到我和她以前的那种纯洁而美好的境界中，可现在一切都不可能了。雨似梦非梦，思绪就在这样的情境里流转，我搞不懂我的心进入了一种美好的期待，还是为了因为伤感而将她忘却？

雨的旋律在夜色中奏响，在夜色阑珊中，一些人又慢慢忆起，一些事又渐渐忘记，唯有李清照的词被雨声吟咏得更缠绵悱恻——

昨夜雨疏风骤，

浓睡不消残酒。

试问卷帘人，

却道海棠依旧……

磨盘石

几年前，一个县报记者来到小山村里采访，从乡村公路路过时，突然发现路边的小土坡上有一块好看的石头——磨盘一样的石头，他就把它照了下来，不久他的这张照片就在县报上刊登了。

县里一位研究文物的同志看到了这张照片后，觉得照片上这块石头长得真有些奇怪，大大的，圆圆的，光溜溜的，在绿色的庄稼和黄黄的油菜花的映衬下，怎么看都好看，想把它看成是什么就好像是什么，真有点"横看成岭侧成峰"的感觉，他不由自主地感叹道："这真是一块有灵性的石头呀！"

他决定亲自前往现场考察，当他驱车来到距离县城30多千米的小山村里，找到了那块磨盘石，远看，就像一个石磨，上面有一个圆圆的像磨盘，下面有一个小小的石柱，把这个磨盘撑起来。近看，上面那圆圆的磨盘上，平平的，光溜溜的，很有一些沧桑岁月的痕迹。再细看，上面似乎还有花纹，或者是什么精美的图案……这真让他惊喜不已。

"村里出宝贝了，村里有灵石了！"这消息很快就传开了，远处的或近处的，赶车来的或者开车来的，四面八方的人纷纷前来看稀奇，村里人便放下了手中的活儿，纷纷在路

157

边摆起了小摊，卖矿泉水、香烟、凉粉凉面等，生意非常的火爆。镇里还专门研究制订了"灵石带动发展经济方案"上报给县里，要把这个村打造成一个新型的"灵石旅游村"。一时间，让老百姓看到了发财的门路，让村领导和镇领导看到了发展的希望。

县里便组织相关部负责人召开专题会，认为既然是"灵石"，就一定要找到它的历史渊源，如果再让那里生出一些"灵树""灵山""灵水"……不就有更大的开发潜力吗？县研究文物的同志查阅了一些相关资料，由于该县有建于唐末民初的中外驰名的石刻，这块奇石似乎就是石刻的一个组成部分呢？在查阅了相关资料后，得出的结论：不是。那就另辟蹊径，终于找到了一点渊源，是当时修建石刻的工匠们吃饭或休闲的地方，上面的花纹就是当时工匠们正在磋商雕刻技艺时留下的，虽然不是正规的雕刻，但也算古迹，就像当今名人的手稿一样，同样尊贵……

民间也一下子传开了很多关于"灵石"的传说：说是很早以前，这石头附近有一条很大很粗的白蛇，长可以围满那颗大石头还有余，粗可以和一个重100公斤以上人的大腿相比较。而那条蛇如果围满石头走一圈的话，就会出现走龙的情况（传说里的走龙意思就是发大水），这样它就成仙了，白蛇成仙后这石头也沾了仙气成了灵石；还有人说：八仙云游四海，途经这里时，觉得这儿幽静且山青水绿，张果老建议在这儿休息一会儿，下下棋，吕洞宾马上答应下来，他们就在这块石头上下起棋来，一下就是好几天，也没能把那盘棋下完，神仙一天，人间一年，因此这块石头表面就变得那么光洁了，至今似乎还散发着仙气呢！

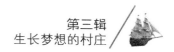

可不久，县里就把这些资料和传说报上省里，省里便派专家来现场考察，得出的结论是：这只是一般的石头，上面的花纹是日晒雨淋所致，并不是什么"灵石"。这结论似乎让人们无法接受，但事实就是事实。

当地老百姓十分感慨地说："要是这块石头真是灵石，我们村就发财啰！"镇领导也十分感慨地说："没想到，这么一块石头就能给老百姓带来这么大实惠，要是以前我们镇的那么多的老街、老房子，不被损坏，好好地保存下来，那才是无价之宝呀！"

夜上北山

上北山，对于一个生活在县城里的人来说，简直是太平常不过的事了。但如果要有一种让人终生难忘的记忆，却是少之又少。

北山，位于大足县城北两千米处，是中外驰名的大足石刻景点之一，一条长长的石阶，在浓荫的覆盖下，显得格外的幽静而美丽。因为北山离县城近，凡在县城里生活和工作的人，早晚没事时走走北山，是再也平常不过的事了。而我虽然也跟其他人一样，上北山无数次，但留在我记忆里最深的，也似乎终生难忘的，是三次夜上北山了。

第一次夜上北山时，大概是20年前，那时跟全县许多业余作者一样，也为诗歌为写作而疯狂的我，常常来县城里参加文学创作会。记得在一个夏天的夜里，我与来自全县的业余作者一起，踏着梦想与追求，带着憧憬与欢乐。一路上欢歌笑语，向北山走去。在那通往北山的石阶上，不时有席慕蓉、舒婷的诗句，就像这如水的月光一样，撒落在光滑的石阶上，如"我如果爱你——/绝不学攀援的凌霄花/借你的高枝炫耀自己/我如果爱你——/绝不学痴情的鸟儿/为绿荫重复单调的歌曲；/也不只像源泉/常年送来清凉的慰藉……"那时的北山，在这些诗句的映衬下，真的变得如诗如画也如梦一般！

第二次夜上北山，大概是三年前的一个秋天的夜晚，带着梦想四处漂泊了好些年的我，终于又辗转到了家乡的县城工作，虽然这时我对文学再也没有了当时的那种狂热和梦想，但对文学似乎依然钟情和执着。那时，我常与一帮文朋诗友，在一起谈诗论文，也更为生活的艰辛而感叹。

那次，是为一个即将去成都奔波的文友送行，记得那天晚上是在北山上的农家乐里吃的饭，大家都喝了很多酒，随后就从北塔那边的那条小路一直走下来，虽然也有第一次夜上北山时的那种为文学疯狂，但也有为一个即将为生活而去奔波的文友而伤感。一路上，大家都吟了一些关于月光和秋天的诗句。如李商隐的《无题》："相见时难别亦难，东风无力百花残……"刘禹锡《秋词》："自古逢秋悲寂寥，我言秋日胜春朝……"

这时，那位即将去成都的有点像是从唐诗宋词里走出的文友，而写出的诗也有点像李清照笔下的词一样，也十分动情地吟咏了李清照的词："寻寻觅觅，冷冷清清，凄凄惨惨戚戚。乍暖还寒时候，最难将息。三杯两盏淡酒，怎敌他晓来风急？雁过也，正伤心，却是旧时相识……"而喝了酒的我，似乎很多感人的情景都不记得了，唯独记得那个晚上北山的月亮很大很亮和他们吟咏的诗和词。

第三次夜上北山，就是在今年的正月初三，一帮文友在与去了成都三年后而回来过春节的她喝了酒后，大家建议再去走北山。虽然这是一个寒冷的夜晚，但大家还是兴高采烈，有说有笑地朝着北山走去。一路上，虽然没有了三年前那种狂热，也没有三年分离开时的那种伤感，但似乎多了一些超出了诗和文学的那种亲切，这时似乎再也没有人吟诗，

而是一个个情不自禁地唱起了十分流行的歌。如《缘分》：

"就算前世没有过约定，今生我们都曾痴痴等，茫茫人海走到一起算不算缘分？……多少旅途多少牵挂的人，多少爱会感动这一生……"

此时的北山，虽然早已淹没在美丽的夜色中，但透过那朦胧的树影，我似乎看见了20年前的为诗疯狂的情景，也看见了三年前那个又大又亮的月亮，似乎依旧高高地挂在了北塔顶上，像美丽的彩虹，点缀着我心中依旧美好的梦境！

母亲做的糍粑圆圆的

每到中秋节，母亲做的糍粑大大的圆圆的，像那中秋的圆月。

母亲虽不是大家闺秀，但心灵手巧。小时候外公因加入帮人搬运东西的马帮，常年在外东走西奔，很少在家过上几个年节。特别是在这万家团聚的中秋佳节，贤惠能干的外婆总是对着窗外圆圆的月亮，思念着外公。后来外公的马帮替人驮东西去了一趟云南，这一走好几年都没有外公的音信。每到中秋佳节，外婆就更加思念外公，似乎把所有的思念寄托在做糍粑上，外婆做的糍粑就一年比一年做得大做得圆，而思念似乎也一年比一年浓。

有人说外公被抓去做壮丁去了某战场打仗了，生还的可能性很小；还有人说马帮遭当地土匪抢了，人都下落不明；也有人说外公在当地找到一位富家小姐成家过日子，肯定再也不会回来了……但外婆就是不信，她只相信外公一定会回来的。可在几年后的一个中秋节，当外婆把做的白白的大大的圆圆的糍粑放在桌上正在发愣时，外公突然回来了，这让一家人高兴不已，更让外婆相信一定是她做得像月亮样的糍粑，带着她的思念把外公唤回来的。从此，在母亲的心里每年中秋做糍粑，就象征着团团圆圆，更象征着和和美美。也

163

许就从那时起，母亲也慢慢地学会了做糍粑，而且做的糍粑也跟外婆做的一样又白又大又圆。

每年的中秋节来临时，母亲都要把做糍粑当成件很重要的事来做。不管再忙的活儿都要放下，也不管在哪儿都要赶回家。在头几天就得泡好糯米，中秋那天在做糍粑前，先要用手左搓右搓，反反复复几次，把糯米洗得白白的，用锅慢慢地蒸好，剩下就是早已在身边等候的父亲用粑锤狠狠地打糍粑，最后还得细心的母亲来做，做出来的糍粑就白白的圆圆的。

前些年生活紧张时，过中秋节有时连肉都吃不上，但糍粑却是年年都有的。因为在中秋佳节吃糍粑，也是家乡的一大习俗。在生产队时，每年栽秧子队长就安排多栽点糯谷秧，在打谷子时也安排最先打，好趁太阳烈早点晒干分给大家，在中秋节各家就有做糍粑的糯米，全村人就有过中秋节的欢乐了。

记得有一年因干旱田里栽的糯谷几乎颗粒无收，大家都说今年不吃糍粑了，可母亲却坚决要做糍粑，父要为难地说："没糯米怎么做呢？"母亲笑笑说："就用饭米做嘛！"父亲十分担心地问："能行吗？"母亲好像蛮有把握地说："肯定行！"于是母亲就用饭米来做糍粑，经过母亲的精心制作，同样的一个大大的白白的圆圆的糍粑摆上了桌子，邻居们纷纷跑来观看和品尝，除了吃起不糯外几乎再没别的不同了，大家都夸我母亲心灵手巧，仿佛那个中秋节，我们全家过得特别的开心。

后来，我不管在外上学，或是在外漂泊，也不管是处于人生的迷茫里，还是在无忧无虑的生活中，每到中秋夜总是伫立于窗口，看着天上那圆圆的大大的月亮，仿佛那就是远在家乡的母亲做的糍粑，在传递着母亲对我的关怀，映透着我对家乡的思念，点缀着我的追求与梦想。

在县城里工作和生活的我，每到中秋节，单位总要发月饼，而且那些月饼也越来越大，不管从包装上或是月饼的馅里，更是越来越高档，但不管怎么高档都无法代替乡下母亲做的糍粑好吃。每年中秋我总是回到乡下老家，全家人一边吃着母亲做的糍粑，一边分享团圆和温馨。临走时，还要带些母亲做的糍粑来，与同事和朋友一起品尝。

今年，在中秋到来之际，母亲却早早地打电话来说，叫我中秋这天一早回老家，她说父亲现在老了再没力气打糍粑了，还等我回去打糍粑呢。中秋节这天，我回到了乡下老家，母亲把糯米饭蒸好了，我就按照母亲的叮嘱，用父亲以前用惯了的粑锤打起糍粑来，母亲直夸我动作到位，用力恰到好处，其实她哪里知道我已使尽了全身力气，几十年如一日，父母都饱受着这样的劳苦，父亲力不从心了，年过花甲的母亲做糍粑的动作麻利也不如从前了，唯有能感受到一家人团聚的欢快。在我的协助下，母亲很快就把一个白白的大大的糍粑做好了，我看到这糍粑也有我的一份劳动，比以前任何时候吃着母亲做的糍粑还要高兴。

母亲两只手举着刚做好的大糍粑，乐滋滋的，开心得像个孩子似的，连声说道："这个糍粑做得硬是圆硬是大，就像天上那亮亮的大大的月亮呀！"

如梦的春天

　　当拂面的春风送走了寒冷，暖暖的阳光便洒满田野，春天就被沿河的柳枝上长出的新芽，点缀得淋漓尽致。

　　仿佛还躲藏在房屋里烘烤着寒冷的我，唱着歌儿跑去山野，感受着这如梦的春天，用好奇的目光描绘着春天。仿佛这春天是大自然的恩赐，沐浴在和煦的春光里，沉寂的心就开始躁动起来，冰冻了一个季节的思绪也会像一潭荡漾着涟漪的湖水，泛起柔和的波光。这时，我看见那些扛着锄头下地的农人，还有那些去乡间踏青的城里人，总被开在乡间的红红的桃花、洁白的李花吸引，仿佛那凝固的溪流又有了叮咚的声响，啾啾的小鸟在树枝间跳跃，犹如五线谱上跃动的音符。远远地望去，他们的目光中饱含着憧憬，话语里浸透着欢愉。

　　春天总是给人一种蓬勃向上的激情，总是给人一种难以言语的欢愉。记得我小时候，每年的春天常约一些小伙伴，去到老家后面高高的山坡顶上，去感受春天，去观赏美景。仿佛天空变得格外的美丽，空气变得格外的甘甜，大地透着若隐若现的新绿，心情却无比的舒畅。一年之计在于春，在这万物复苏的季节，我好像走进了如痴如醉的梦境中，默默地望着远方，想象着朦朦胧胧的心事，仿佛梦想中的明天就

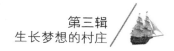

像这春天般美好而绚丽。

多年前，初来县城工作的我，每周都往返于乡间与县城之间，看着乡间的景色，感受着春天的变化，那是在县城里怎么也见不到、感受不到的，比如上周回家看见油菜花开了，这周回家看见小草又绿了好多，在一次又一次回家中，大地变得更加湿润了一些，枝条变得更柔软了，春天的味道就变得更浓了。

我常想，乡下的春天比县城来得更早一些，尽管县城里的积雪还未融化，尽管身上的冬衣还厚厚的裹着，尽管春风吹在脸上还是会感觉冷飕飕的。可是，不管你信不信，乡下的春天分明已经来了，农人们在田野上劳作的身影，女人们在小溪边洗衣服时爽朗的笑声，小鸟在枝叶间的跳跃翻飞，将春天点缀。恍然间，青青的小草已经悄悄地探出了头，暖暖的阳光已经开始明媚起来，小溪里清清的水流淌着、欢唱着，空气中带着湿润带着躁动，风也变得柔软、变得多情起来。

在春天，雨就像一首抒情诗，将整个大地抒写得充满着诗情画意。一丝一丝的细雨，不是想象中的淅淅沥沥的雨，而是像优美的诗句般地在风中飘来飘去。撩得人们心情舒畅，晃得人们心旷神怡。随后，人们便开始下地、开始播种，田野便长出了新绿，长出了希望。

在一场又一场春雨后，春天仿佛就变成了一本诗集。有诗道："天街小雨润如酥，草色遥看近却无""乱花渐欲迷人眼，浅草才能没马蹄""竹外桃花三两枝，春江水暖鸭先知"；也有农谚道："一九二九怀中插手……五九六九沿河看柳""正月立春雨水，二月惊蛰春分""春种一粒粟，秋

收万颗子" "种瓜得瓜，种豆得豆"……

　　细细品味，无论是在赏春还是惜春的诗句里，都能吟诵出春天如梦的意境。